LE VOYAGE
DE SERGUEÏ IVANOVITCH

Du même auteur

Vladimir ou le vol arrêté, Fayard, 1987.
Récits pour Militza, Fayard, 1989.
Le collectionneur de Venise, Fayard, 1990.

Marina Vlady

Le voyage
de Sergueï Ivanovitch

roman

Fayard

*A mes fils, Igor, Pierre, Vladimir
et à Vanina, Mathieu, Clara...*

Nous devons semer de sel nos plaies vives
Pour que la douleur perpétue le souvenir.

V. Vissotsky.

Chapitre premier

La grand-rue de Savitchev n'était en fait qu'une trouée de quelques centaines de mètres, bordée de maisonnettes en bois peint. A ses extrémités, la forêt de bouleaux et de sapins mêlés gagnait chaque année un peu plus sur le village. Sergueï aurait dix-huit ans à l'automne, quand les journées raccourcissent, que les champignons des bois sont déjà conservés dans les bocaux de verre, que les baies aigrelettes emplissent de bouillonnements les chaudrons de cuivre vernissé — enfin et surtout quand ont lieu les épousailles, prélude au long hiver blanc qui prépare les naissances tant espérées. Pour lui comme pour ses devanciers, le mariage était prévu dès leur venue au monde. Chez les Makarov, leurs voisins, il n'y avait que des filles : l'une d'elles serait sa femme. Les matrones, assises autour d'une table où fumait le samovar, avaient longuement palabré, leurs joues plates rosies par le thé sucré, la chaleur du poêle central, l'idée qu'elles ressassaient depuis le début de leur conciliabule : faire naître des enfants dans cette partie reculée de la Biélorussie. Ce qui amènerait peut-être à s'enraciner quelques-uns des jeunes qui rechignaient au travail de la terre. Beaucoup rêvaient de la grand-ville. Les filles, surtout. Cette vie de labeur rythmée par les grossesses et les deuils ne les satisfaisait plus. Elles voulaient la liberté que dispense le travail en usine, les magasins illuminés remplis de ces tissus chatoyants dont elles aimaient à se parer ; elles voulaient voir du monde, rencontrer des garçons, aller danser. A Savitchev, les soirs de fête, ne se réunissaient plus que quelques couples sous l'œil mélancolique des vieilles qui survivaient d'une bonne rallonge d'années à leurs défunts époux. L'une d'elles, Macha, avait ramassé l'accordéon laissé par son mari, et les deux seuls accords qu'elle connaissait ressemblaient plus au miaulement d'un chat qu'aux accents endiablés de sa jeunesse.

A l'époque, le village n'était pourtant pas encore reconstruit, les plaies de la guerre n'étaient refermées ni sur les façades noircies des maisons, ni dans les cœurs des survivants. Dix-huit exactement : quelques femmes valides pourvues d'enfants en bas âge, et des vieillards. Tous les autres étaient partis, qui dans l'armée ou chez les partisans, qui déportés ou disparus. Les quelques hommes qui revinrent se mirent au travail, la rage au cœur, bien décidés à trinquer à l'avenir et à ne plus jamais permettre à quiconque de fouler le sol de la patrie. Bien qu'invalide, Makarov avait épousé Macha (la future accordéoniste) : leur mariage fut heureux, ils eurent beaucoup de filles dont la dernière-née s'appelait Vassilissa. Ivan Borissovitch, père de Sergueï, était le sage du village. Il avait commandé le maquis durant toute la durée de la guerre. Né avant la révolution, sa foi chrétienne, naïve et profonde, l'avait tenu à l'écart des engagements politiques. Il avait épousé en secondes noces Militza, rencontrée au combat. Longtemps ils ne purent avoir d'enfants. Et lorsque leur attente prit fin, leur joie fut de courte durée. Le nouveau-né à peine serré sur son sein, Militza mourut de septicémie. Ivan Borissovitch reporta son amour sur le petit Sergueï qui l'émerveilla dès ses premiers balbutiements par la limpidité de ses yeux, la douceur de son caractère, le sourire espiègle qui éclairait son visage dès qu'on s'approchait du berceau. L'enfance de Sergueï ressembla aux contes que de génération en génération les vieilles, tout en ravaudant, transmettent à leurs proches assis en rond sous la lampe, tandis que se déchaîne au-dehors le vent glacé d'hiver.

La maison familiale était composée de deux pièces agencées autour du poêle central : dans la salle commune où l'on mangeait, une large table entourée de bancs servait aussi aux devoirs.

Une fois la semaine, on y étalait la pâte pour faire le pain, les *pirojki*, la *lapcha*, ces longues lanières jaunâtres que l'on fait cuire dans le bouillon gras. C'est là aussi que s'asseyaient coude à coude les hommes pour discuter des problèmes du village. La niche courant au-dessus du poêle abritait une couchette couverte de peaux de mouton. Ce lieu, le plus douillet de la maison, servait à Sergueï de chambre à coucher, d'observatoire et de cachette. Il y avait installé ses chatons, plus tard ses livres, ainsi que tous les menus trésors accumulés au fil de son enfance sensible. Les yeux mi-clos, il pouvait voir, dans le halo doré que la fumée des cigarettes sillonnait de spirales légères, les visages véhéments des hommes devisant à voix basse. Ou bien les bras blancs et ronds de la mère Makarov qui, malgré ses sept filles et les tracas de sa propre maisonnée, venait préparer le pain pour *ses orphelins*, comme elle les appelait. Ivan Borissovitch, son père, dormait dans la petite pièce adjacente où trônait un lit garni de coussins brodés. Une discrète icône constituait le seul ornement de ce refuge où il ne passait que les rares heures de sommeil qu'il s'accordait. Très vite, Sergueï avait refusé de partager la chambre de son père. A quatre ans, il prit définitivement possession du dessus du poêle, ce qui lui donnait l'occasion de participer pleinement à la vie de la communauté. Le travail était dur en ces années et la pension d'ancien combattant du père permettait à peine d'acheter l'indispensable. Pour le reste, il fallait faire fructifier le lopin de terre autorisé : quelques dizaines de mètres carrés dont Ivan Borissovitch consacrait une bande à faire pousser des fleurs que sa pauvre femme aimait tant. Serguei ne connaissait de sa mère qu'un visage sérieux aux contours retouchés, aux joues et aux lèvres rosies par le pinceau du photographe. Il ne se souvenait ni de sa voix, ni de la douceur de ses mains. Pour lui, elle n'était qu'une belle image. Mais, en remarquant les yeux humides de son père lorsqu'il en parlait tout en contemplant le portrait, Serguei sentait monter en lui une émotion étrange qui, il le saurait plus tard, ressemblait à de l'amour.

L'univers presque exclusivement féminin dans lequel il vivait lui avait dispensé une grande sécurité. Les filles aînées de la voisine s'occupaient à tour de rôle du bambin, leur poupée vivante. Dans la lourde chaleur de l'été, elles le baignaient dans la cour, et ses piaillements de joie, lorsqu'elles le plongeaient dans le baquet d'eau fraîche, s'entendaient jusque dans la forêt. On lui avait appris à monter à califourchon d'abord sur le gros chien, puis sur l'âne. Enfin, un jour, il réussit à enfourcher la vieille jument du kolkhoze de district, qui finissait ses jours dans le pré derrière la maison de la maîtresse d'école. La classe unique regroupait tous les gosses de sept à quinze ans. Hormis le portrait de Lénine, on aurait pu se croire dans un cours élémentaire du XIXe siècle. Les dessins d'enfants représentaient comme jadis les travaux des champs, la naissance d'un veau, la fête du Nouvel An. Seule une moissonneuse-batteuse pareille à un énorme insecte datait parfois la scène.

L'enseignement très classique prodigué par Anna Pavlovna avait contribué à entretenir chez Sergueï une profonde candeur. Par nature, il était pur et ouvert. Jusqu'à l'âge de dix ans, ses lectures, ses études, ses rêves étaient ceux d'un gosse choyé à qui on avait épargné toutes les ombres de la vie. L'épopée de la Grande Guerre avait été expurgée pour les petits de ses chapitres sanglants, il n'en subsistait que l'héroïsme du père, de la mère, grande résistante, et des partisans du village. L'histoire, racontée par les vieilles, était une succession de combats entre le Bien et le Mal, les maquisards incarnant la droiture, le courage, les occupants fascistes, la cruauté, l'injustice. Jamais il n'était question d'autres époques. A peine parlaient-elles de Staline ou du rapport Khrouchtchev qu'Ivan Borissovitch les rabrouait d'un ton menaçant : « Pas de ça devant les petits ! Compris, le poulailler ? » marmonnait-il en les éloignant d'un moulinet de ses grands bras. Par cette sorte d'amnésie décrétée, il imaginait que les horreurs qu'il avait vécues et toutes les autres qu'il pressentait confusément seraient effacées, en tout cas n'atteindraient jamais son fils. En ces années grises où le pays entier semblait figé dans le béton, il bâtissait un faux passé sur lequel reposait, tout branlant, un vrai présent projeté vers quelque futur de conte de fées. Lui-même finissait presque par y croire. La vie n'était-elle pas douce pour Sergueï? L'enfant, bien nourri, grandissait beau et fort. Son regard clair et droit, son rire sonore, sa belle taille, son agilité, tout en lui le remplissait d'orgueil et de satisfaction. Et, comme pour le conforter encore dans cette félicité, il remarqua très tôt chez son fils un vif intérêt pour la poésie et un penchant non moins accusé pour les filles. Vers ses douze ans, alors que les autres garçons se chamaillaient, allaient piéger des oiseaux ou pêcher les grenouilles à l'étang, Sergueï se plaisait à peigner les cheveux des gamines, à leur tresser des couronnes de fleurs, à leur composer des poèmes qu'il mettait en musique et chantait ingénument, passant des heures à jouer avec elles, berçant les poupées que les petites se confectionnaient avec de vieux chiffons. Il ne s'épanouissait qu'en leur compagnie, suivant comme un toutou docile le groupe de ses petites mères adoptives, qui l'avaient câliné dès son plus jeune âge : les sept sœurs Makarov, toutes belles, fortes et rieuses comme leur propre mère.

Ivan Borissovitch se souvenait avec amertume de ses années d'adolescence et de tout ce qu'avait enduré sa génération ; il n'en voulait à aucun prix pour son fils unique : la guerre civile, les purges, la collectivisation, la Grande Guerre... Il souhaitait lui donner un bon départ, lui infuser un optimisme neuf, une joie de vivre. Et ce, sans attendre des lendemains dont il savait qu'ils ne chanteraient pas.

Ils vivaient dans ce village isolé où l'électricité n'était apparue que vers les années 70, où seule la vieille mère du secrétaire du Parti du kolkhoze possédait un poste de télévision large comme une armoire normande, mais à l'écran si étroit que les villageois serrés les uns contre les autres avaient peine à y suivre les matchs de hockey, seul spectacle qui attirait du monde. Pour le reste, on rejetait en bloc la politique, la propagande, les inepties et mensonges qui faisaient les programmes quotidiens de la télévision d'État. On vivait sans témoigner grand intérêt pour les changements extérieurs. Ivan Borissovitch, comme les autres, pensait que plus ça changerait, pire ce serait. L'ère brejnévienne n'avait pas contribué à améliorer l'ordinaire des gens, déjà bas sous Khrouchtchev, mais l'étau policier s'était quelque peu desserré. On ne fusillait plus comme sous Staline, et les tracasseries administratives affectaient plus les gens des villes que les paysans. Ne point faire de vague, trimer, ne pas ménager sa sueur sur cette terre généreuse qui donnait tant au propriétaire du lopin privé et qui, cinq mètres plus loin, restait sèche et stérile dans l'enceinte du kolkhoze. Ne pas attirer sur soi l'attention des responsables. Se faire oublier, en quelque sorte. Continuer à vivre chichement, sans ambitions ni exigences. Sauf celle, immense, de voir son fils heureux.

En secret, Ivan Borissovitch le voyait déjà tel le poète paysan Sergueï Essénine qu'il admirait au point de lui avoir donné son prénom, devenir célèbre et apporter gloire et richesse à son village. Seule la fin terrible du poète — son suicide enfin réussi, après qu'il se fut acharné avec une brutalité inouïe contre lui-même, rédigeant un ultime poème avec son propre sang — lui avait interdit d'en faire confidence à personne.

Jamais le petit Sergueï ne se douta de ces pensées extravagantes ni à quel point son père se préoccupait de sa destinée. Ivan Borissovitch lui apparaissait comme un homme terriblement âgé, sévère et silencieux, toujours absorbé dans de douloureuses réflexions. La maison était vide et sombre. Sans la présence des Makarov, ces mères interchangeables, devenues indispensables à l'orphelin, sa petite enfance aurait été d'une affligeante tristesse. Heureusement elles étaient là, et son goût pour les vers de mirliton puisait aux légendes et aux chansons qu'elles fredonnaient tout en travaillant.

Il ne connaissait rien d'autre que ces quelques

masures, la forêt qui les entourait, l'unique rue
du hameau. L'imaginaire était son royaume.
Lorsqu'il jouait, il était le jeune prince qui,
comme dans le conte, aimera la personne que
désignera sa flèche lancée au hasard, mais, à la
différence de ce que dit le conte, ce ne fut pas
une grenouille qui lui échut. Au cours de ces
années d'insouciance, chacune des petites
Makarov eut à son tour le privilège d'être l'élue.
Il prit d'abord la main de Tania, l'aînée, qui lui
fit faire ses premiers pas. Fillette gracieuse mais
renfermée, elle devint vite grave et presque
dure. Sa mère lui faisait porter une partie du
poids de la maisonnée et elle n'eut bientôt plus
le temps de rire et folâtrer dans les bois comme
aimaient à le faire les plus jeunes. A treize ans,
elle marchait déjà d'un air important, suivie de
la ribambelle qu'elle amenait chez la maîtresse
pour la classe du matin. Sergueï avait à ce
moment changé plusieurs fois de dulcinée.
D'abord Véra, Nadejda et Lioubov (beaux prénoms anciens qui signifient Foi, Espoir, Amour),
avec lesquelles il avait découvert les délices
des baignades dans l'étang tout rond qui se
cachait à quelques centaines de mètres derrière
une butte boisée. A peine plus hautes que lui,
elles le portaient à tour de rôle, ahanant sous
son poids, pour le laisser rouler le long de la
pente et tomber en éclaboussant le plus possible, ce qui provoquait leurs cris perçants. Ce
sont elles aussi qui lui avaient fait don de ses

premiers petits compagnons, chiots et chatons qu'ils attifaient de vieux bonnets, de chaussettes trouées, de rubans multicolores et autres colifichets. A force d'être cajolés, manipulés, chahutés, les animaux bientôt fatigués s'endormaient, et les fillettes leur aménageaient un lit dans une boîte à chaussures, les bordaient et, après y avoir attaché une ficelle, les traînaient sur l'herbe drue et brillante. Ce qui leur donna bientôt l'idée de faire de même avec Sergueï. Il devint ainsi le cocher d'une singulière troïka. Assis sur une planchette, il fouettait un attelage de trois petites filles aux longues tresses blondes qui couraient, leurs genoux maigres se levant bien haut à la manière des trotteurs Orlov. Puis il préféra la compagnie de Macha et d'Olga, ses contemporaines ; pratiquement du même âge, ils se retrouvèrent assis côte à côte dans la classe, et leur goût commun pour la lecture, la tendre promiscuité de leurs têtes penchées sur le même livre, les dessins que l'un esquissait, l'autre coloriait et la troisième parachevait, engendrèrent une complicité qui les conduisit vite à des rendez-vous dans la cachette audessus du poêle, pour des parties de fou rire d'autant plus délicieuses que la présence des adultes les obligeait à se dissimuler sous le duvet. Ils en sortaient cramoisis et hilares, ce qui provoquait immanquablement la phrase qu'ils attendaient : « Allez donc vous passer le visage à l'eau fraîche, mes petits, et après venez goûter... »

Ce rituel du goûter rassemblait toutes les filles autour de Sergueï. Sur la grande table, la mère Makarov disposait les bols de thé fumant, cassait à l'aide d'un petit marteau le sucre en morceaux irréguliers que l'on posait dans sa bouche pour les y faire fondre. Elle remplissait les coupelles de confitures diverses, puis, tenant la miche de pain contre sa poitrine, elle la découpait sur toute sa largeur puis partageait chaque tranche en rectangles égaux.

C'est là qu'assis entre les grandes, Sergueï, déjà âgé de douze ans, regarda un jour longuement la petite Vassilissa. Par l'effet du soleil d'automne qui passait au ras des fenêtres basses, elle était nimbée d'une lueur dorée, ses cheveux flamboyaient, le duvet de sa peau soulignait par transparence la ligne mouvante de son cou, de ses pommettes. Elle tourna légèrement le visage et il put contempler l'ourlet de ses lèvres, ses dents pointues que le rire dégageait. Jamais il n'avait eu la révélation d'une telle perfection. Il est vrai que, jusque-là, il avait ressenti une sorte de jalousie à son endroit : n'était-elle pas la plus jeune, sa cadette de trois ans, et ne lui avait-elle pas volé un peu de l'attention générale ? Au surplus sa beauté, célébrée par tous les adultes, ne l'avait jamais frappé comme à cet instant où les rayons du soleil venaient de la lui révéler. Vassilissa réunissait tous les traits exemplaires de sa famille : larges épaules, jambes longues, teint laiteux, lèvres vermeilles, chevelure claire et soyeuse, regard aigu aux reflets gris dans un visage mobile où passait souvent une douce mélancolie. Sergueï baissa la tête et rougit violemment. Il venait en fait de regarder pour la première fois celle dont il comprit confusément qu'elle serait tout pour lui. Ses yeux le picotaient, comme ceux de son père lorsqu'il parlait à voix basse en fixant la photo accrochée au mur. Sergueï se tourna vers elle, vit le regard de sa mère, sa façon de tenir la tête un peu penchée, la rondeur de son cou soulignée par la dentelle d'un petit col en pointe. Son émotion fut si vive qu'il ne put retenir un sanglot. Tous se méprirent sur l'incident : on parla de regrets, d'absence. Nul ne comprit qu'il venait d'identifier l'amour. Il lui avait suffi de cette superposition de deux images : une fillette de neuf ans, une femme d'une trentaine d'années, si semblables qu'elles avaient, en un instant, incarné son idéal.

A compter de ce jour, Sergueï ne quitta plus des yeux la jeune Vassilissa. Comme la fleur du tournesol se tourne le soir venu vers le levant, il se réveillait dès l'aube pour guetter les fenêtres où elle apparaîtrait. Tel un animal fidèle, heureux lorsqu'il a son maître à portée de regard, il la suivait d'aussi près que possible, où qu'elle allât. Le village eut tôt fait de remarquer son

manège. Comme rien n'interdisait ce choix
précoce et que, de toute façon, l'une des filles
Makarov lui était destinée, tous prirent dès lors
l'habitude d'appeler Sergueï en ajoutant « et
Vassilissa » — ou Vassilissa suivi de « et Sergueï ».

L'adolescence les rattrapa sans qu'ils s'en
aperçoivent. Les mois passaient, rien ne semblait devoir les arracher aux jeux qu'ils prolon-
geaient depuis leur tendre enfance : baignades,
joutes poétiques, concours d'engloutissement
de cerises, construction de cabanes dans les
hautes branches des bouleaux. Mais, insensiblement, Sergueï plongeait plus près de Vassilissa.
Celle-ci sentait la caresse de son corps longtemps après qu'ils étaient sortis de l'eau. Les
poèmes enfantins que Sergueï écrivait, il ne les
lisait plus à haute voix à toute la compagnie ;
seul avec Vassilissa, le soir, il les lui chuchotait,
les lèvres frôlant son oreille. Elle frissonnait
sous son souffle brûlant, sursautait au rythme
et à l'emphase soudaine de ses mots. Dans les
cabanes de plus en plus confortables qu'ils
s'aménageaient, ils apportaient des provisions,
des couvertures, et tous deux en riaient, disant
qu'ils y seraient bientôt mieux logés que dans
leurs foyers respectifs. Ils se promettaient même
de braver l'usage et de construire leur future
vraie maison sur pilotis, hors du village, comme
une case d'Indiens d'Amazonie dont ils avaient
vu des images qui les avaient fait rêver. C'est

dans l'une de ces cabanes entre ciel et terre qu'ils se couchèrent pour la première fois l'un contre l'autre. Ils tremblaient tant que leurs genoux se heurtèrent. Ils gémirent, éclatèrent de rire. Vassilissa, soudain grave, lui dit : « Gardons-nous de recommencer. » Elle dégringola les branches cassées qui servaient d'échelle et disparut dans les buissons, ses longs cheveux défaits s'accrochant aux ronces.

Elle venait d'avoir treize ans, son grand corps musculeux s'était arrondi, déjà sa poitrine durcissait sous l'étoffe, endolorie. Un matin, elle avait découvert entre ses cuisses une moiteur inhabituelle. Sa main couverte de sang ne l'effraya guère. Grâce à la succession de confidences et de conseils prodigués par ses sœurs, elle savait qu'un jour cela lui arriverait. Sa mère lui avait expliqué que, désormais, elle était une femme ; qu'il était possible qu'elle eût à son tour un enfant, mais que c'était trop tôt. Suivirent des considérations sur l'amour que lui portait Sergueï. « S'il t'aime vraiment, il ne te touchera pas. Il sait ce qu'il ne doit pas faire. C'est un bon garçon. Et je parlerai à Ivan Borissovitch. » Pour Vassilissa, les mots « il ne te touchera pas » étaient on ne peut plus clairs : comme ce qu'elle désirait le plus au monde, c'était justement de le sentir le plus près possible de son propre corps, elle en conclut que tout attouchement devait être proscrit, sauf si l'on voulait vraiment un enfant. Comme cela lui semblait impossible à leur âge, elle décida de le lui expliquer lors de leur rencontre suivante à la cabane.

Sergueï revint tout songeur vers sa maison. En rentrant dans la grande pièce commune, il vit son père attablé devant deux petits verres, ceux que l'on ne sort que pour les fêtes. Comme, ce jour-là, rien de particulier n'était prévu par le calendrier, il comprit que l'instant était solennel. Ivan Borissovitch, après avoir trituré sa moustache, frotté longuement ses paumes l'une contre l'autre comme si le froid les avait engourdies en plein été, s'éclaircit la voix et, prenant son souffle, dit à son fils :

« Sergueï, tu as seize ans passés. Dans la vie d'un homme, il y a un temps pour tout. Tu as vécu ton âge d'or : l'enfance. Approchent maintenant des temps plus difficiles, car il va te falloir commander aux forces qui montent en toi. Elles sont contradictoires : la violence de tes sentiments, la puissance de ton désir, les vibrations de la nature autour de toi, et Vassilissa elle-même... » Il se tut un instant, rendu confus par sa propre audace. Il avait rarement parlé avec autant de lyrisme et égrené autant de mots les uns derrière les autres. Mais les yeux purs de son fils, son visage levé vers lui, confiant, l'incitèrent à reprendre : « Vassilissa est une très jeune fille. Vous êtes promis l'un à l'autre, mais il faut attendre. Bientôt tu vas partir faire ton service militaire. Tu ne peux laisser pour deux ans un être si fragile porter seul le poids d'une maternité prématurée. Sois humble devant la nature. Sois fort contre toi-même. Sois ferme si Vassilissa est faible. Respecte ta future épouse. Vivez en fiancés amoureux mais chastes. »

Sergueï écoute son père avec émotion. Il ressent pour la première fois une sympathie mêlée d'affection devant ce visage fatigué sur lequel perle une légère sueur. Les yeux tristes d'Ivan Borissovitch s'emplissent de larmes et son sourire timide se transforme en grimace lorsqu'il sent son fils le serrer dans ses bras.

Au pied du grand bouleau, Vassilissa attend. Sa jupe à fleurs soulevée par le vent dégage ses genoux ronds. Ses cheveux volettent eux aussi au gré des rafales. Elle a mis la blouse blanche qui découvre son cou. Elle se sent belle, elle est heureuse. Sergueï monte doucement par le sentier secret, et la contemple à distance. Il la trouve si belle, il est si fier de ce qu'il va lui dire. Il sait qu'elle acceptera.

Pour la première fois, ils ne se sentent plus seuls dans cette forêt qui abrita leur enfance. Chacun songe à ce que lui a confié l'ancien. Soudain investis de leur avenir, il leur semble que le futur de leur famille, du village, peut-être même du pays où ils vivent, dépend de leur choix. Ils seront sages. Ils ne laisseront pas leur sang battre trop fort à leurs tempes, ils ne se laisseront pas griser par les premiers baisers, ils n'ébaucheront aucun des gestes qui hantent séparément leurs nuits. Sergueï la quittera pour deux longues années. Il fera son devoir. Après quoi, ils seront tout entiers l'un à l'autre.

Vassilissa acquiesce, les yeux baissés. Une main posée sur les genoux, elle reste assise sur une souche. De son autre main, elle détache des lamelles translucides d'écorce de bouleau que le vent dissémine dans la clairière. Brusquement, elle se lève et se jette dans les bras du garçon, son visage collé au sien, elle l'embrasse avec fougue puis, tout aussi brutalement, s'arrache à lui et s'enfuit en direction du village.

De ce jour, leurs relations devinrent étrangement solennelles. Comme dans un rite ancestral répété depuis la nuit des temps, ils prirent chaque matin le chemin du grand bouleau. Lui, dès l'aube, dans une cache aménagée à cet effet, y déposait une lettre écrite dans l'émoi nocturne. Elle, après ses travaux quotidiens, s'évadait et, installée sur la souche des aveux, lisait, enivrée, les mots de la nuit. Aux repas pris en commun, ils échangeaient des regards furtifs. Leurs joues également roses et lisses viraient au cramoisi. Les sœurs et la mère Makarov faisaient mine de ne rien voir. Tourneboulé intérieurement, Ivan Borissovitch prenait un air sévère pour bien rappeler son fils à ses devoirs. Puis la vie reprenait son cours apparemment tranquille. Sergueï partait aux champs, Vassilissa finissait ses classes, le village préparait la fête de la fin d'été qui précède le départ des conscrits.

Au bout de la Grand-Rue, à l'endroit où elle s'évase légèrement et forme une sorte de placette avant de s'enfoncer dans la forêt, les villageois entassent le bois mort en un immense bûcher. De tous les environs les jeunes rappliquent à pied, à vélo, en carriole. Les vieilles ont enfourné des dizaines de *pirojki*, petits gâteaux à la viande, des *vatrouchka*, tartes au fromage sucré, des *koulibiak*, pâtés en croûte au poisson, et une multitude de pains aux raisins secs, aux graines de pavot, à la cannelle. Les vieux ont préparé la vodka aux herbes, le *kvass*, boisson brune pétillante qui ressemble à de la bière légère. La mère Makarov a ressorti l'accordéon de son mari, les filles sont toutes allées à la maisonnette en bois où l'on prend des bains de vapeur, elles ont rempli jusqu'à la gueule le poêle qui chauffe les pierres noires sur lesquelles on jettera des bolées d'eau odorante. Car tout le village va y passer avant la folle nuit, et beaucoup devront y retourner à l'aube pour suer leur trop-plein de libations.

Toutes les jeunes filles, les femmes et même les vieilles *babouchkas* sont nues, assises sur les banquettes, ou, debout, se flagellent à coups de branches de bouleau pour activer la circulation. Dans le brouillard brûlant, les langues se délient. Chacune confie ses espoirs à sa meilleure amie : les gars des villages voisins sont venus nombreux, il y aura des rencontres, peut-être des mariages en vue. Vassilissa frotte de gros sel son corps blanc, elle cingle avec rage son dos, ses hanches, ses cuisses, et les feuilles en forme de cœur collées à sa peau ressemblent à un aveu. Elle aime, elle désire, elle veut Sergueï. A quinze ans, elle est la plus épanouie des filles Makarov, et lorsqu'elle sort par la petite porte basse pour se jeter dans l'eau glacée de l'étang, l'apparition dans un halo de vapeur de son large corps nu, que masquent par endroits les mèches humides de ses cheveux, fait murmurer à Sergueï, qui guettait son apparition derrière les hautes herbes : « Roussalka, nymphe des eaux, ma beauté, ma femme !... »

Le soir venu, tous se rassemblent autour du feu. Les filles, de longs rubans multicolores ornant leurs tresses, chantent à plusieurs voix. Astiqués des pieds à la tête, les gars les lorgnent, pouffant dans leur casquette, les yeux fous d'avoir trop bu. D'autres, selon les vieilles coutumes animistes, ayant mangé quelque fragment de champignon tue-mouche, hallucinent, fixant sans ciller les flammes géantes. Plus tard ils vont sauter, bravant le brasier, s'envolant parmi les étincelles, soudain libérés de toute peur. Sergueï a refusé de goûter la parcelle de champignon racorni que lui tendait un grand gaillard roux, et il a repoussé la bouteille qui passait de main en main. Il lui suffit de regarder Vassilissa, d'écouter sa voix grave, de sentir son odeur de blé mûr pour être plus ivre encore que tous ses camarades. Et puis, maintenant, il sait que la séparation est proche. Le matin même, il a reçu sa feuille de route. Ses bras noués autour d'elle, il lui parle de ce que leur réserve la vie : « Tout sera comme nous l'avons rêvé. Nous construirons notre maison, nous aurons des enfants, nous cultiverons notre lopin, je t'aimerai toujours. » Elle répond en chantonnant une complainte :

> *Je fermerai ma porte pour de longues années*
> *Je pencherai sur le lac comme un saule*
> > *[éploré*
> *Ma natte de fiancée flottera jusqu'à mes*
> > *[pieds*
> *Même blanchie, je la garderai pour mon*
> > *[bien-aimé.*

Chapitre 2

Dans le camion qui bringuebale sur le chemin de terre, Sergueï, coincé entre ses voisins,
essaie de ne pas perdre le peu de chaleur que
lui conserve sa veste ouatinée. Il a quitté à pied
en pleine nuit le village assoupi. Il ne voulait
pas des larmes qu'aurait provoquées son départ
au grand jour. Comme une ombre, il s'est
faufilé à travers bois pour rejoindre le bourg
voisin où se sont composés les premiers groupes
d'appelés : jeunes paysans presque tous malades
d'avoir trop bu pour se donner du cœur au
ventre. Dans le lourd remugle qui se dégage de
leur troupe domine la senteur aigre de l'alcool
mal digéré. Certains se penchent par-dessus les
planches qui tiennent lieu de dossiers aux
bancs sur lesquels ils sont affalés, et vomissent
en geignant. Tous ont le visage crispé et leurs
yeux, bouffis comme ceux d'enfants réveillés
en plein sommeil, expriment la crainte et la
méfiance. Déjà, un clan des « hommes des
bois » s'est formé. Après le deuxième arrêt,

quand sont montés plusieurs gars à l'allure presque citadine, parlant fort, fumant et crachant avec ostentation, Sergueï et ses copains, traités de bouseux, se sont tassés encore plus dans un coin, faisant corps contre les étrangers. Ils sont maintenant une quarantaine de garçons, arrachés pour la première fois à leur vie sans histoire, que le camion bâché emmène vers la grand-ville la plus proche, Moghilev-sur-le-Dniepr. Aucun d'eux n'y a jamais mis les pieds. Chacun, en son for intérieur, réagit à sa manière, mais tous tiennent à montrer qu'ils se sentent à l'aise et que l'inconnu ne leur fait pas peur. Sergueï a adopté lui aussi une attitude dégagée. Il s'est mis à chanter, bientôt imité par ses voisins. Sa voix claire apaise les angoisses cachées des jeunes hommes en les reliant encore, comme un fil de plus en plus ténu, à leur hameau natal. Puis, comme presque tous ont laissé là-bas une fille en pleurs, Sergueï entonne les chants d'amour qui les ont fait rêver durant leur adolescence. Près de lui, Petia, un grand dadais aux mains énormes, a extrait de sa musette un bandonéon crasseux dont le soufflet siffle et gémit. Mais les notes tremblées qu'il exhale rendent la romance d'autant plus poignante. Les jeunes sentent l'émotion leur nouer la gorge. Certains pleurent doucement ; d'autres, mâchoires crispées, grillent cigarette sur cigarette ou boivent en silence.

Le camion file désormais sur une route gou-
dronnée et s'approche de la ville. La gare, à
l'écart du centre, est déjà envahie par une
meute de grands gosses ahuris. Leurs sacs posés
à terre, ils se sont agglutinés par régions. Il y a
ceux des forêts, ceux des lacs, ceux des riches
champs de terre noire, les plus nombreux, les
plus hardis, les plus délurés aussi, frères aînés
par l'expérience acquise, même si, comme les
autres, ils n'ont que dix-huit ans. Sergueï, Petia
et quatre des leurs se sont retrouvés bien
malgré eux au centre de l'attention générale.

« Y'a des artistes avec nous ! » a hurlé en
débarquant le plus fort en gueule, un conducteur de tracteur dont les bras puissants, dénudés
jusqu'à l'épaule, sont tatoués de cœurs et de
nombreux prénoms féminins. Il s'appelle Vassia et sa voix éraillée rameute tout le monde.

« Notre rossignol, on va pas le lâcher, hein,
mon mignon ! Grâce à toi, ce sera toujours fête.
Tu chantes, et moi je me débrouille pour la
gnôle ! »

Sergueï sourit, séduit par l'énergie du bra-
vache, car déjà des bruits alarmants courent
sur la rudesse des sergents et la sévérité des
règlements. Presque tous restent silencieux,
dans l'espoir de se fondre dans l'anonymat.

Dans le wagon qui leur a été assigné plane
une puissante odeur de désinfectant. Les banquettes polies par des milliers de fessiers sont
bientôt toutes occupées. Entouré de ses

compères, Vassia a installé d'office près de lui toute la bande du village des bois, comme il les appelle, et leur a ordonné de déballer leurs provisions. « On partage tout ! décrète-t-il dans un grand rire. C'est le communisme ! Pas vrai, les gars ? » Et, empoignant une bouteille, il fait glisser à grandes goulées un des pâtés à la viande qu'il a enfourné après l'avoir piqué dans le pot d'émail où ils sont rangés. Un moment ahuris, les garçons s'y mettent aussi, chacun fait apparaître les trésors amoureusement pré-parés par une mère ou une fiancée. Vassia rugit : « Moi, j'en ai trop, elles se battaient tellement pour moi qu'aucune n'a eu le temps de me préparer quoi que ce soit ! » et de s'esclaffer de plus belle.

Bercé par les cahots, Sergueï contemple le paysage qui défile. Le convoi est si lent qu'il a le temps d'observer chaque détail. Une maison en bordure des voies : sur le perron, une jeune fille grignote machinalement des graines de tournesol ; autour d'elle, jonchant le sol, un tapis d'écorces vides témoigne du temps qu'elle perd à regarder passer les trains. Elle sourit, fait signe de la main : tous la suivent des yeux, puis se penchent après que le train l'a dépassée. Un moment plus tard, des photos apparaissent entre les mains épaisses des jeunes paysans. Sergueï remporte le plus franc succès avec les sept Makarov, blondes beautés souriant à l'ob-jectif. Par pudeur, il n'a pas sorti le portrait de celle qu'il aime. Vassia lui jette un regard admiratif, siffle, puis enchaîne : « Ça m'étonne pas. Quand on sait si bien chanter, les filles tombent comme des mouches ! »

Plus tard, c'est la banlieue d'une grande ville, Smolensk. Jamais ils n'ont dû lever les yeux aussi haut pour contempler des immeubles. Tout leur semble démesuré et, malgré la grisaille des murs, le manque de verdure, l'air chargé d'effluves nauséabonds, ils sont fascinés.

Sur les quais où leur convoi est immobilisé depuis un bon moment se sont formés de petits groupes. Certains ont allumé un feu et y font cuire des pommes de terre, d'autres entourent un « ancien » qui raconte sa ville : les combats qui l'ont ravagée pendant la Grande Guerre, les quartiers pris, perdus, repris, les milliers de morts. Plus loin, une femme un peu avinée passe de l'un à l'autre en répétant comme une litanie : « Mon fils aussi il est parti comme vous... Mon fils aussi il avait de beaux cheveux... Mon fils aussi il chantait... »

Passant près de Sergueï, elle pose sa main gercée sur l'épaisse chevelure soyeuse et ses doigts s'y agrippent un moment. Elle murmure dans un sanglot : « Il n'est jamais revenu, lui... On ne me l'a pas rendu... Disparu corps et biens... »

Un frisson parcourt le petit groupe. Vassia va pour lancer une réplique sonore, mais Sergueï lui plaque la main sur la bouche : « Laisse !

dit-il. Tu vois bien qu'elle souffre. Et puis elle a trop bu. Comme toi, d'ailleurs. » Et, avant que son nouvel ami ne riposte, il reprend la ritournelle de la ballade qu'il chantait à mi-voix. Petia s'escrime sur le bandonéon. Tous retrouvent le sourire et, tapant dans leurs mains ou faisant claquer deux cuillers accolées dos à dos, ils accompagnent la danse frénétique dans laquelle Vassia s'est lancé : après avoir quitté sa veste, il se met à frapper du plat de la main ses genoux, ses bottes, ses cuisses, puis, accélérant le rythme, il martèle le sol qui résonne. Il finit par tourbillonner sur lui-même et, se prenant la tête à pleines paumes, se met à hurler et s'écroule, le corps secoué de sou-bresauts. A ce moment, la voix métallique des haut-parleurs annonce le départ immédiat du train pour Moscou. Tous se précipitent : on éteint les feux, on se charge des sacs et de tout ce qu'on avait déballé sur le bitume. Aidé de Petia, Sergueï hisse Vassia dans le wagon. Ils se réinstallent à leur place comme dans un lieu déjà familier.

La nuit est tombée, il fait presque froid, le rythme du convoi s'est fait régulier. Sergueï, fatigué, ferme à demi les yeux. A travers ses paupières, il perçoit les éclats de lumières qui défilent de plus en plus vite. Près de lui, les garçons se sont assoupis. Vassia ronfle, le corps étalé en travers des deux banquettes, soutenu par les bardas posés à même le plancher. Ses bras tatoués, qu'il exhibe complaisamment, sont maintenant repliés autour de son visage, protégeant ce mufle mal rasé qui, dans le sommeil, retrouve sa moue enfantine. Passant la main sur ses propres joues imberbes, Sergueï n'éprouve que douceur. Il revoit la silhouette de Vassilissa telle qu'elle s'est montrée au dernier jour : debout au pied du grand bouleau, les cheveux défaits, offerte. Il se souvient du violent désir qui s'est emparé de lui. Il est fier d'avoir été fort, aussi fort qu'elle était faible. Il songe à son vieux père Ivan Borissovitch, quand il a prononcé ces mots graves qui faisaient si bien écho aux sentences qu'il entendait rabâcher à longueur de temps par les vieilles du village. A nouveau le souvenir de Vassilissa l'envahit. La mère Makarov, son père et Anna Pavlovna, la maîtresse d'école, lui ont remis chacun une petite somme d'argent. Cela fait à peine plus de cent roubles, mais il n'en a jamais vu autant. Deux billets de vingt-cinq, plusieurs de dix, le reste en menue monnaie. Dès son arrivée dans la capitale, il compte acheter ce qu'il trouvera de plus beau pour sa bien-aimée. Il rêve d'un châle de laine aux couleurs d'automne, ou d'une robe plissée qui s'envolerait à la cadence des pas de danse, peut-être d'une bague d'argent ornée de petites pierres. Dode-

linant de la tête, bercé par les cahots, Serguëi
sourit en s'endormant.

Un coup de frein brutal les envoie tous
bouler les uns sur les autres. Dans la cacopho-
nie qui s'installe, on entend distinctement les
jurons de Vassia, les cris de Petia, affalé sur
son bandonéon, le rire de pochard d'un des
gars encore mal dessaoulé. Passé le premier
tumulte, Vassia s'est faufilé vers la portière et,
l'ayant ouverte, annonce d'une voix tonnante :
« Moscou, capitale de l'Union soviétique ! Ter-
minus ! Tout le monde descend ! » Tous essaient
de voir quelque chose. Mais il fait encore nuit
noire et la lueur jaunâtre qu'ils distinguent au
bout du quai ne saurait provenir de la gare de
Biélorussie dont on leur a tant vanté les beautés.

Soudain, une voix amplifiée par haut-parleur
hurle des ordres :

« A tous les appelés : descendez du train.
Mettez-vous en rang et au garde-à-vous. Exécution ! »

Les jeunes se regardent, interdits. Vassia
murmure : « On ne va plus rigoler, les mecs. »

Patauds, encombrés de leurs sacs, tout endo-
loris par le voyage et le manque de sommeil,
ils s'alignent du mieux qu'ils le peuvent. Un
adjudant, l'œil furibard, passe en les houspil-
lant.

« Bande de veaux ! C'est ça que vous appelez
le garde-à-vous ? On va vous mater, les ploucs.
En avant marche, une-deux... »

Entre Vassia et Petia, Sergueï se sent un peu protégé : ils sont si costauds, tellement plus mûrs que lui, et même si leur rencontre ne date que de quelques heures, déjà ils lui paraissent des amis de toujours. Bousculés, pressés, tel un troupeau de bestiaux conduits vers le corral, on les parque dans une vaste cour entourée de bâtiments administratifs.

Maintenant ils sont en file indienne et passent l'un après l'autre devant la première commission d'admission. Les réformés d'office sont piteux, au bord des larmes, et attendent, relégués dans un coin : boiteux, bigleux, invalides patents, désormais doublement honteux. Ils n'auront été admis ni dans la vie civile, ni au service de la patrie. Seul l'un d'eux, sourire aux lèvres, murmure d'un air crâne entre ses dents : « Ils ne m'ont pas eu ! Si j'étais pas passé sous la batteuse, je me serais coupé la main plutôt que de servir de chair à canon... »

Sergueï, suivi de Petia, rejoint Vassia, déjà au courant de tout, qui leur explique qu'après la tonte et la distribution des rations, ils affronteront le plus important, l'affectation à un corps d'armée. « Moi, je veux les paras, et vous ? »

Petia hausse ses maigres épaules. Sergueï ne sait trop quoi dire. Il n'a jamais réfléchi à ce détail. Pour lui ne comptent que les jours, les semaines, les mois qui le sépareront de Vassilissa. Alors, là ou ailleurs... Ses boucles blondes tombent sur les carreaux fêlés de la grand-salle. Les bottes des soldats-coiffeurs, enduites de mauvais cirage, traînent à leurs semelles des paquets de cheveux de toutes couleurs. Les garçons aux visages cramoisis se lancent des regards par en dessous, leurs crânes disgracieux rendus encore plus comiques par leur aspect blafard. Seul Vassia arbore un large sourire : déjà rasé au plus près pour cause de poux, sa tête à lui n'a pas changé. Sergueï lève les yeux sur un homme qui s'est arrêté à sa hauteur : taille épaisse, visage jovial surmonté d'une mèche crantée à l'ancienne, bouche remplie de dents en or découvertes par un sourire goguenard. « On m'a dit que tu chantais ? Lève-toi et garde-à-vous quand on te parle ! Réponds : "Oui, mon commandant", que j'entende ta belle voix ! »

Installé devant Petia et Vassia qui l'accompagnent, Sergueï chante pour le commandant mélomane. Le bandonéon siffle de plus belle, les cuillères-castagnettes frappées en cadence soutiennent la mélodie, mais le cœur n'y est plus. Tous ont compris que quelque chose a irrémédiablement changé.

On leur apporte une écuelle remplie de gruau de sarrasin où surnage un morceau de bœuf bouilli. Servis les premiers (le commandant l'a ordonné aux hommes qui ont apporté la tambouille), ils ont aussi reçu double ration de pain noir. « Pour soutenir l'effort des artistes ! » a-t-il laissé tomber en passant près d'eux. Sergueï mâchonne la viande coriace, trouve le gruau collant. Mais le pain est bon et, comme on dit, tant qu'il y a du pain, l'homme peut survivre. Il se souvient de très anciennes conversations, quand, caché dans l'alcôve au-dessus du poêle, il entendait les hommes murmurer des phrases interdites : « Les camps ? Une miche de pain, la vie sauve... » Une autre fois, quelqu'un avait dit d'une voix brisée : « Alors, si le Parti avait raison, c'est moi qui ai eu tort ? » — et son père avait hoché gravement la tête, puis, lançant un coup d'œil vers la cachette du petit, avait coupé court aux confidences : « C'est du passé ! Pour nos jeunes, oublions tout ça ! »

Tandis qu'il mastique ce pain odorant, une foule d'images se rapportant à des époques différentes se bousculent dans la tête de Sergueï : des récits d'anciens et des souvenirs des années de la Grande Guerre jusqu'à ces premières heures de leur service militaire et à l'angoisse qui affleure dans les conversations des recrues. Il considère Vassia qui sauce avec un quignon le fond gluant de la gamelle et qui lui sourit en clignant de l'œil, puis Petia qui, après avoir engouffré sa ration, tente de réparer les multiples déchirures de son instrument.

Le commandant réapparaît, bonhomme : « Vous êtes rassasiés ? Tout va bien ! L'armée vous ouvre les bras. C'est de jeunes comme vous dont elle manque. La patrie, notre grande et belle mère-patrie a besoin de vous ! »

Bombant le torse, au garde-à-vous, Vassia réplique : « Toujours prêts ! » Le commandant éclate de rire : « Tu n'es pas chez les scouts, ici ! Mais peu importe : on va vous apprendre à devenir des hommes, des vrais ! » Et, quittant la salle, il donne ordre de reprendre le protocole d'engagement dans les divers corps d'armée.

Sergueï et ses deux copains se retrouvent peu après dans un des autobus qui se dirigent vers les casernes où ils sont affectés. Ils seront parachutistes, comme l'a dicté le choix du plus téméraire. Quand on lui demande pourquoi il a tenu à tout prix à se retrouver là, Vassia gonfle ces biceps, fait jouer les cœurs qui y sont tatoués, et glousse : « Ça fait pisser d'envie les filles ! » Puis, à grandes claques dans le dos, il rabroue ses deux compagnons. « Pas de regrets ! Vous verrez, la vie est belle pour les paras ! C'est un pote à moi qui me l'a dit. Bel uniforme, bonne bouffe, et puis on a le choix : on n'est pas obligé de moisir dans un trou perdu de province. » Sergueï sourit, moqueur : à l'entendre, on croirait un habitant de la capitale, alors que ni lui ni aucun des garçons autour d'eux n'a jamais mis les pieds hors de ses champs ou de ses bois.

Le soleil est haut sur l'horizon. Dans cette lumière irisée qui s'accroche aux coupoles mordorées maintenant visibles du haut des collines qui la surplombent, la Ville majestueuse se déploie sous leurs yeux. Jamais ils n'ont vu pareille merveille. Même les cartes postales que la maîtresse épinglait au mur de la classe ne donnaient cette impression d'immensité et de profusion. Sergueï en veut presque à son père de ne pas lui avoir donné la possibilité de voir cela plus tôt, de ne pas lui avoir dit à quel point c'est beau, une grande ville, combien est vaste et belle sa patrie. Les yeux brillants, il sort un calepin et se met à écrire fébrilement. Tous les garçons ont le visage collé aux vitres de l'autobus qui les transporte. Comme des gosses éblouis, ils découvrent l'enfilade d'avenues interminables, les palais aux couleurs pastel, le flot de voitures, dont certaines étrangères, les font siffler d'admiration. Vassia surtout, fin connaisseur, cite les marques, les pays d'origine, les performances. Tous sont grisés par le spectacle. Dans ses strophes qu'il voudrait aussi chatoyantes que les bulbes des églises, Sergueï se laisse aller à des sentiments contradictoires : il dit combien Vassilissa lui manque, mais aussi quel bonheur ce sera lorsqu'il l'emmènera en voyage jusque dans ce pays de cocagne où sont livrées au regard tant de splendeurs !

La caserne en béton, les dortoirs pour quarante, les salles d'entraînement aux odeurs
âcres, la multitude au milieu de laquelle Vassia
lui-même, le plus faraud, ne parvient plus à
retrouver son bagou habituel, tout les a cueillis
à froid. Après la bonne humeur du commandant aux dents en or, l'adjudant qui les a
réceptionnés ne leur donne pas envie de plaisanter :

« Vous allez faire votre devoir national dans
le corps d'élite des parachutistes. A partir de
maintenant, oubliez qui vous êtes ! Plus d'états
d'âme ! Vous devez apprendre à vous battre
pour défendre votre patrie envers et contre
tous. Vous apprendrez à obéir sans réfléchir... »

Lever à six heures, exercices de *close-combat*,
de tir, marches forcées avec des sacs remplis
de cailloux, sauts du haut de tours, de ballons,
de murs divers, puis d'avion, montage et
démontage d'armes, batailles nocturnes groupe
contre groupe. Le soir, hagards, Sergueï, Vassia
et Petia râclent le fond de leurs sacs pour
trouver quelques miettes de gâteau, quelque
douceur oubliée. Ils ont faim et, malgré la
fatigue, ont du mal à s'endormir. Dès la première permission de quelques heures, ils courent s'acheter des sucreries au goût de savon
qu'ils ingurgitent dans un petit square adjacent.
Les lettres mettent du temps à parvenir à leurs
destinataires. Chacun attend les mots doux qui

le feront rêver au fil des nuits. Seul Petia n'a personne avec qui correspondre. Surmontant sa gêne, Sergueï lui fait désormais la lecture de ses propres lettres et des réponses de Vassilissa. Petia pleure souvent. Jamais il n'a rencontré de tels sentiments. Orphelin, il a été élevé à la dure par quelque vague parent qui le battait sauvagement. Son seul compagnon est son bandonéon, sa seule défense, les énormes battoirs qui lui tiennent lieu de mains.

Un matin, au terme de leur troisième mois d'entraînement, l'adjudant aligne tout le monde au garde-à-vous dans la cour : « Mes petits gars, il va falloir faire votre devoir. On vous a assez bassinés avec la théorie. Chez nous, c'est la pratique qui compte. Que ceux qui ne veulent pas partir pour les terres défrichées du Kazakhstan fassent deux pas en avant. »

Quelques garçons s'avancent avec circonspection en se reluquant les uns les autres.

L'adjudant, un rictus mauvais au coin des lèvres, reprend :

« Bien, bien, nous savons maintenant qui sont les poules mouillées ! C'était pour vous tester, pour séparer le bon grain de l'ivraie, comme on dit. A vos paquetages, départ dans une heure. Rompez ! »

Tous se précipitent expédier une dernière

lettre ou, pour ceux qui ne sont pas trop loin de chez eux, passer un ultime coup de téléphone. Tout en s'affairant, Sergueï, Petia et Vassia discutent à voix basse. Les deux derniers sont ravis, ils aiment voir du pays, changer de climat ; pour eux, l'aventure se poursuit. Sergueï, lui, est saisi d'angoisse à l'idée de se retrouver si éloigné de Vassilissa.

« Heureusement que t'es pas sorti du rang, tout à l'heure. Ça va être leur fête, à ceux qui se sont dégonflés, raille Vassia.

— Pourquoi, dégonflés ? s'insurge Sergueï. Ils ont bien le droit de ne pas être volontaires, c'est la loi !

— La loi, la loi, t'as déjà vu une loi dans l'armée ? »

Petia, soudain grave, a parlé presque à haute voix. Tous trois se figent, regardent autour d'eux. Nul n'a rien entendu. Ils finissent de boucler leurs paquets en silence.

Entassés dans le ventre métallique, ballottés au gré des orages, ils ont perdu la notion du temps. Sont-ils en vol depuis une demi-journée ou un mois ?

Dans l'appareil, le bruit est infernal. Impossible de parler. Tous essaient de dormir, la tête calée contre l'épaule du voisin. Sergueï rêve d'une immense machine agricole en folie qui fauche tout sur son passage ; il ne reste bientôt ni arbres ni maisons, son village n'existe plus ; seul se dresse encore le vieux bouleau de leurs amours derrière lequel tente de se protéger Vassilissa. Il se réveille dans un cri. L'avion se pose lourdement. Le fond s'ouvre comme deux vantaux d'écluse, une chaleur étouffante envahit la carlingue, les jeunes hommes déboulent d'une seule coulée sur le bitume brûlant. Autour d'eux, des troupes d'élite en tenue extravagante, les yeux mornes, l'arme au poing, les parquent dans un endroit ceint de barbelés.

L'adjudant tousse pour s'éclaircir la voix.

« Après un changement de programme décidé en haut lieu, vous allez accomplir votre devoir international ici, défendre les frontières de notre patrie, venir en aide à un peuple ami, vous battre pour une cause juste. »

Petia jure entre ses dents : « Les salauds, ils nous ont eus ! »

L'adjudant poursuit : « Vous êtes à Kaboul, en Afghanistan. »

Des cris s'élèvent parmi les jeunes : « On n'est pas volontaires, pourquoi nous ? Salopards ! A bas l'armée ! »

Mais le cordon de soldats en armes se resserre. Les ordres fusent. Quelques coups de crosse ont tôt fait de calmer les rares protestataires et c'est une troupe de garçons effondrés que l'adjudant emmène, soulevant un nuage de fine poussière ocre, vers le village de tentes écrasé sous le soleil.

Vassia pense qu'il n'a eu que ce qu'il voulait. Petia jure qu'il foutra le camp dès la première occasion. Sergueï, la gorge nouée, a du mal à retenir ses larmes. Reverra-t-il jamais Vassilissa ? Il murmure :

Leurs âmes vagabonderont parmi les fleurs,
Respireront l'éternité d'un souffle unique
Sur les ponts, les fragiles passerelles,
Carrefours étroits de l'univers.

Chapitre 3

Un ballot de linge sale s'écrase sur ceux déjà entassés dans le camion. Petia, la sueur dégoulinant le long de ses bras maigres, les empile méthodiquement dans le fond. Sergueï repart vers l'entrée de l'hôpital. Il croise Vassia qui crâne encore, ployé sous le poids de plusieurs sacs de toile imperméable remplis de pansements usagés. L'odeur qui s'en dégage le fait grimacer. Vassia rigole et lui crie de sa voix tonitruante, tout en tournant la tête vers l'infirmière qui surveille le chargement :

« C'est pas pire quand on saigne le cochon, hein, ma belle ? Nous autres paysans, on n'a pas peur de la merde ni du sang. Ça nous connaît ! »

La fille, le cheveu triste, les yeux cernés de fatigue, accablée par la chaleur, n'a pas même la force de répliquer. Elle suit des yeux le manège des trois garçons et pense qu'ils sont encore bien frais, eux. A peine débarqués, ils ont été affectés à la grande caserne construite en préfabriqué dans les faubourgs de Kaboul. Le long d'une piste d'atterrissage, rangés bien parallèlement, les blocs des bâtiments où dorment, mangent, se lavent les recrues font face aux habitations individuelles des officiers, sortes de casemates arrondies qu'on appelle familièrement les « tonneaux ». Dès les premiers jours, chacun a subi à sa manière le bizutage réservé aux bleus. Tous ont été dépouillés de leur argent et de leurs maigres trésors. Petia, s'étant révélé plus combatif, a été copieusement tabassé. Mais, après de longues palabres, il a été décidé de lui laisser son bandonéon, avec obligation d'en jouer à la moindre demande. Vassia, soudain diplomate, a réussi à sauver son couteau à cran d'arrêt, caché dans sa botte, ainsi que les photos des sœurs Makarov appartenant à Sergueï ; pour ne pas être fouillé, il a proposé une somme importante — huit dollars canadiens, don d'une petite amie moscovite —, et deux revues porno finlandaises qu'il conservait pour les mauvais jours, comme il dit, glissées dans la doublure de sa veste. Son crédit auprès des soldats n'a fait que grandir. Il a ainsi obtenu de rester le chef de sa petite bande de Biélorusses. Abasourdi par tant de brutalité, Sergueï contemple ces visages aux traits marqués avant l'âge, ces yeux au regard dur, ces bouches tordues par une grimace cruelle. Jamais il n'avait vu pareille expression chez de si jeunes gens. La seule personne à afficher la même, il s'en souvient bien, était une femme, contrôleur vétérinaire venue de la ville voisine, Vitebsk, pour vérifier le nombre de têtes de bétail en la possession des villageois, et qui, ayant découvert quelques vaches en surnombre, avait rassemblé les familles afin de leur annoncer les châtiments qu'elles méritaient pour crime contre l'État. Fort heureusement, le président du kolkhoze avait le bras long, ce ne fut qu'une fausse alerte. Mais il fallut néanmoins abattre trois bêtes et les céder pour presque rien à la cantine du combinat de pneus de ladite ville.

Comment ces jeunes ont-ils attrapé cette expression ? D'où leur vient ce cynisme ? Comment n'ont-ils pas peur que leurs méfaits soient un jour punis ? Toutes ces questions obsédaient Sergueï après qu'il eut été spolié de tous ses biens personnels, qu'on lui eut troqué son uniforme flambant neuf contre un accoutrement délavé, puis qu'on l'eut réduit à la condition de bonne à tout faire — ce qui impliquait pour lui de laver leur linge de corps, leurs chaussettes puantes, de leur porter à boire, à manger, en un mot d'assumer les tâches les plus humiliantes — mais, surtout, après qu'ils eurent passé toute une soirée à le cuisiner sur les attraits sexuels, les capacités et techniques amoureuses de sa petite amie. Par bonheur, Vassia n'avait pas montré les photos et Sergueï put nier être fiancé. Il passa alors pour ce qu'il était : innocent et puceau. Les sarcasmes reprirent de plus belle. Jamais il n'avait entendu proférer de tels propos. Vassia et Petia laissaient faire, pensant à juste titre que ce n'était pas encore le pire. Pour eux, l'amour n'était qu'une bataille. Gagnée par Vassia, pour ce qui était du nombre de conquêtes ; perdue par Petia, faute de combattantes. Ils ne pouvaient savoir ce qui avait été cultivé au fil des ans dans le cœur de leur ami. Ils ignoraient tout de cette enfance paisible, des soins constants d'un vieux père, de la fraîcheur de sentiments prévalant au sein d'une famille de femmes. Ils auraient dû le pressentir en l'entendant chanter, car nul ne résistait à l'émotion en l'écoutant. Mais, après tout, ils étaient des soldats, ils étaient entre hommes, et, cette nuit-là, ils mirent la lividité de leur ami au compte de la simple gêne. Jamais ils ne surent qu'il venait de perdre un pucelage ô combien précieux pour lui, celui du langage.

Sergueï ne trouve aucune réponse aux questions qu'il se pose. L'irruption, un soir, de la comptable du bataillon, ivre, dépoitraillée, jetant à tous vents des liasses de « bons », lui cause un choc encore plus profond. « Ces bouts de papier avec lesquels on peut tout acheter, vous savez ce que j'en fais, je me torche avec, vous entendez, bande de couillons ? Je les ai gagnés avec mon cul, justement, ils sont à moi, et je m'en fous ! Je me fous de tout, maintenant ! » Et, après s'être affalée sur une couchette, elle se met à sangloter. Son bon ami vient d'être tué dans une embuscade, peut-être par les mêmes hommes avec lesquels elle a couché la veille. Vassia explique en quelques phrases à Sergueï ce qu'il ne pouvait pas même imaginer. Les « bons » sont l'équivalent des roubles pour ceux qui travaillent à l'étranger. Avec ça, on peut acheter tout ce qu'on ne trouve pas au pays : parfums, magnétophones, vêtements, bijoux. Les filles couchent pour quelques « bons ». Elles ne sont pas regardantes sur la couleur de la peau : civils afghans, simples soldats, médecins, commandants de bataillon, tous y passent. Même les boutiquiers des souks se font parfois payer en nature, derrière un simple rideau, presque au vu de tout le monde. Rouge de honte, Sergueï voit les hommes se précipiter sur les petits rectangles de papier éparpillés dans la chambrée. Il s'approche de la femme dont le corps empâté tressaute à chaque sanglot. Elle est encore assez jeune, mais déjà l'existence qu'elle mène ici l'a flétrie. Sur ces jambes laissées à découvert par sa jupe troussée courent de longues zébrures bleutées qui, en se croisant, forment comme un nœud d'orvets dans lequel le sang palpite. Ses cheveux embroussaillés, décolorés aux pointes, pendant sur ses épaules, recouvrent son visage baigné de larmes. S'accroupissant près d'elle, Sergueï pose doucement sa main sur le bras dénudé. La femme se redresse d'un bon, hurle une obscénité, mais, voyant l'expression compatissante du jeune homme, elle redouble de sanglots et, s'agrippant à lui, enfouit sa tête dans le creux de son épaule. Elle sent le parfum bon marché, la sueur, l'alcool, mais pleure comme une petite fille. Autour, les hommes gloussent, lorgnant la scène tout en comptant leur pactole. L'un d'eux, s'adressant à Sergueï, lui lance :

« Tu devrais te la prendre pour copine, maintenant qu'elle est libre. Tu seras à bonne école, le puceau ! »

Vassia s'approche, menaçant. Pour ne pas provoquer une bagarre générale, Sergueï se lève et répond benoîtement : « Tu as raison », puis, se tournant vers la femme, il la prend par l'épaule, lui murmure : « Viens, petite sœur ! », et l'entraîne vers la porte. Ils sortent sous les vivats et les rires gras de la chambrée.

Tout en se laissant guider, Lenka — c'est son prénom — essaie de remettre de l'ordre dans sa tenue. Elle tire sur sa jupe, tente vainement de refermer son corsage, mais il manque un bouton et sa lourde poitrine, généreusement découverte, attire le regard des hommes qu'ils croisent en chemin.

« T'en tiens une sérieuse, ma grosse... », lui lance un sergent en maillot de corps rayé.

« T'as raison de la ramener, soldat, elle sera mieux au lit ! »

A l'intérieur du « tonneau », la chaleur est

intenable. Lenka se précipite vers le coin-salle d'eau. Sergueï l'entend hoqueter en gémissant. Il explore cet univers intime reconstitué dans un espace réduit au minimum. A droite, emplacement traditionnel des icônes, sont posées deux photos : sur l'une, un homme à l'air avantageux, en tenue militaire, des médailles couvrant sa vareuse de haut en bas ; sur l'autre, une grand-mère sourit, tenant deux jeunes bambins sur ses genoux : photo toute jaunie qui fait penser à quelque origine aristocratique, tant la toilette de la vieille dame paraît riche et sa parure de bijoux somptueuse. Sergueï a le regard attiré par les livres empilés autour du lit de camp. Il y en a partout : dessous, dessus, entassés, servant de table de chevet, posés sur le rebord de la lucarne qui tient lieu de fenêtre, débordant d'une valise entrouverte. S'emparant d'un volume visiblement écorné par une lecture quotidienne, il s'assied par terre, un sourire aux lèvres. Il tient entre ses mains un recueil des poésies de Pouchkine, celui-là même dans lequel ses chères Macha et Tania, ainsi que lui-même, ont découvert le grand poète. Oubliant tout le reste, Sergueï se replonge dans la merveilleuse harmonie retrouvée...

Un bruit de chasse d'eau le ramène brutalement à la réalité. D'une voix toute différente, Lenka, apparue dans l'encadrement du sas qui donne sur la salle d'eau, s'enquiert de son prénom. Tout en se levant, Sergueï répond :

« Sergueï Ivanovitch Astakov, du village de Savitchev. »

Il découvre le visage maintenant démaquillé de la comptable. Sa bouche gonflée par les larmes, ses yeux que le mascara ne souligne plus la font paraître presque juvénile, désarmée.

« Ne me regarde pas comme ça, je ne suis pas une salope, tu sais ! »

Sergueï baisse les yeux, ce mot le choque encore dans la bouche d'une femme.

« Pardonne-moi, mon petit... » — et, s'approchant d'un minuscule réfrigérateur coincé dans le coin-cuisine, elle décapsule deux canettes de bière, lui en tend une et s'installe sur le lit, puis, d'un geste, l'invite à y prendre place à son tour :

« Quand j'ai quitté Moscou, je ne pensais qu'au dépaysement, à l'aventure. J'étais romantique, malgré mes trente ans. Comme tu vois, j'aime lire ! Il me semblait que l'Afghanistan, avec sa culture millénaire, ses montagnes si hautes, son climat si différent était un pays où tout était possible. Mon existence, jusque-là, était si monotone... En m'engageant, je lui donnais un nouvel horizon, je m'envolais vers des rencontres inédites, des émotions fortes. Vers la fraternité, aussi, car la guerre est présentée dans les livres d'histoire comme l'exaltation de ce que l'homme a de meilleur en lui. Comme tu sais, je n'ai trouvé ici qu'humiliation, laideur et folie. Dès les premiers jours, on m'a traitée de putain. Dans cet univers, une femme ne peut venir que pour ça. Même les infirmières dont on a pourtant ici un besoin vital, on les met dans le même sac. Après des semaines de chantage, j'ai cédé au commandant du camp. J'étais la plus fraîche, à l'époque, la toute nouvelle. Il menaçait de m'envoyer sur le front, à Kandahar, là où les gens tombent comme des mouches. Après, ce fut presque de la routine. On me considérait comme une prostituée ? Je me suis laissée aller à le devenir. Vous voulez de l'amour ? Voilà du cul ! Vous voulez des émotions, de la fraternité, de la tendresse, de l'amitié ? Passez la monnaie !... »

Lenka allume une cigarette, entame une autre bière. Elle essuie ses yeux à nouveau embués de larmes.

« Un seul a compté : Vovka-la-guitare. Lui était gentil, tendre et drôle. Il n'arrêtait pas de blaguer, et sa guitare qu'il traînait partout résonnait toute la nuit, car il ne dormait jamais. C'est avec lui que je me suis mise à boire et à fumer. Pour tenir. Je l'attendais, et à chaque nouvelle sortie (il était pilote d'hélico), l'angoisse se faisait plus forte. J'en arrivais à souhaiter qu'il soit blessé. Je me disais que la chance n'est pas éternelle. Cela faisait trop longtemps qu'il s'en sortait sans une égratignure. Eh bien, ça y est, ils me l'ont tué ! » gémit-elle en étouffant un sanglot.

Embarrassé par ce flot de paroles, Sergueï
ne sait que dire. La bière lui est montée à la
tête. D'un geste fraternel, il entoure de son
bras gauche les épaules de Lenka et, de la main
droite, lui caresse le visage tout en murmurant
les petits mots apaisants de l'enfance :

« Pleure un bon coup, ça passera... Les gros
chagrins s'en vont avec les larmes... Là, là, ça
va passer... »

Lenka se laisse aller contre lui. Cette douceur
oubliée l'émeut au plus profond ; il lui semble
retrouver cette sensation de paix éprouvée jadis
dans les bras de son père lorsqu'il la consolait
d'un premier chagrin d'amour. Insensiblement,
ses larmes se tarissent.

Sa main cherche à présent celle de Sergueï,
qu'elle pose sur son sein. Puis, tournant la tête,
elle l'embrasse. Sous ses lèvres, elle sent frissonner la chair lisse du garçon. Sergueï, dont
tant d'années d'abstinence aux côtés de Vassilissa ont exacerbé les sens, découvre que la
peau d'une femme, même vieillie avant l'âge,
est la chose la plus douce qui soit au monde.
Enfouissant son visage entre les seins de Lenka,
il se laisse submerger par le plaisir.

La nuit est tombée. Après un coucher de
soleil mauve, les montagnes ont disparu dans
la brume. Sergueï et Lenka, couchés côte à
côte, contemplent le plafond arrondi de la
casemate.

« Quel drôle de garçon tu fais ! On devrait

t'appeler Aliocha, comme le frère Karama-
zov... » Lenka fume un moment en silence. « Ne
sois pas triste, c'est mieux quand ça se passe
comme ça, sans qu'on l'ait préparé. Et tu as de
la chance d'être tombé sur moi. Pas de ragots,
pas de bobos ! Si tu y étais passé avec la
cantinière, tu aurais risqué d'en garder un
souvenir cuisant ! »

Sergueï voudrait s'enfuir, tant la honte
l'étouffe. Mais comment expliquer le regret
d'avoir fait cela pour la première fois à celle
qui vient justement d'en être la complice déli-
cate ? Comment dire qu'il se gardait pour Vassilissa, l'unique amour de sa jeune vie, sans
blesser davantage cette femme déjà meurtrie ?

Lenka a compris l'embarras du garçon.

« Regagne ta caserne, tes copains t'attendent.
Si tu veux des livres, tu sais où en trouver. Si
tu veux parler, je sais écouter. Pour le reste,
on oublie. Personne n'en saura rien. »

Sergueï, après lui avoir gauchement serré la
main, s'enfuit dans la nuit.

Vassia, Petia et Sergueï ont fini le chargement
du camion. Assis à l'ombre contre l'énorme
pneu, ils soufflent un brin. La chaleur est telle
que le paysage tremble au loin comme un
mirage. Vassia allume la cigarette de Petia puis

se tourne machinalement pour allumer celle de Sergueï.

« C'est vrai que tu ne fumes toujours pas... Si c'est pour ta voix, on dit que Caruso fumait des cigares toscans ! Alors...

— J'ai pas envie, c'est tout, lâche Sergueï avec lassitude.

— T'avais pas envie de baiser non plus, et maintenant... »

Sergueï pique du nez. C'est vrai qu'il est retourné au « tonneau » mais, avec Lenka, c'est surtout pour parler... Ces jours-ci, les combats ont été encore plus meurtriers. L'hôpital ne désemplit pas, la corvée de linge leur fait approcher les blessés, directement transportés de l'hélicoptère à la salle d'opération. Certains, n'ayant pas survécu au voyage, sont acheminés à la morgue ou à ce qui en tient lieu : un vaste hangar près de la piste d'envol. Sur des tréteaux sont posés en rangs serrés les cercueils de zinc. Sergueï ne peut passer devant cet alignement sans frémir. Ils sont donc si nombreux, les garçons de son âge à avoir perdu la vie dans cette contrée étrangère ! Pourquoi ne l'a-t-on jamais mentionné ni à la télévision ni dans la presse ? Comment n'en a-t-on même rien su parmi les appelés à Moscou ? On sait qu'il y a la guerre depuis 1979, mais on ne parle que de prêter main-forte à un peuple ami, que de sauvegarde de la démocratie et de la paix contre l'impérialisme américain, on raconte que les jeunes conscrits font la classe aux enfants, construisent des écoles, soignent les malades. On montre même des bandes d'actualités où l'on voit des groupes de paras à la tenue impeccable — bottes cirées, ceinturon bleu, pli du plantalon au cordeau, béret crânement incliné sur le sourcil — planter des arbres, aidés par quelques Afghans en haillons. Maintenant, Sergueï ne peut ignorer que tout ceci n'est que propagande et mensonge.

Les jeunes rentrent des avant-postes, le visage gris de poussière et de fatigue. Seuls les yeux vides font des taches claires au milieu de ces masques figés. Sitôt à terre, les tourbillons de sable soulevés par les pales de l'hélicoptère n'ont pas encore eu le temps de retomber qu'ils sont déjà en quête du « joint » salvateur. Car le haschich est ici la denrée la plus recherchée. On vend tout pour s'en procurer : vêtements, chaussures, couvertures, seringues et médicaments, et jusqu'aux cartouches et aux armes avec lesquelles on se fera tuer quelques jours plus tard. Après avoir aspiré quelques bouffées, ils se mettent à rire pour un rien, retrouvant comme par miracle la légèreté de leurs dix-huit ans. Vassia, bien sûr, a déjà organisé son petit trafic. En cheville avec un revendeur du souk, il commerce avec allant. Quand Sergueï lui reproche sa conduite, il répond invariablement :

« Toi, t'es un saint, pense plutôt aux autres.

Ils veulent s'oublier, et moi je fournis. Si c'est pas moi, quelqu'un d'autre le fera à ma place. Autant en profiter ! »

Il a toujours des gâteaux, des conserves, des confitures, de l'alcool aussi — tout ce qui fait rêver ces pauvres gosses, Petia le premier, qui n'a jamais si bien mangé de sa vie. Pour se procurer toutes ces richesses, Vassia a trouvé une combine infaillible. Grâce à l'une des infirmières, il subtilise antibiotiques et vaccins, denrées les plus précieuses pour les combattants moudjahidine. Il n'a marqué aucune espèce d'hésitation lorsque le pourvoyeur lui a réclamé cette monnaie d'échange. Les médecins, et, en général, une grande partie du service de santé faisant de même, il n'a trouvé aucune raison valable de ne pas entrer à son tour dans le système. Bon prince, il en fait profiter tous ses jeunes copains. Le rôle de dispensateur de paradis artificiels ne lui déplaît aucunement.. Au demeurant, lui-même absorbe maintenant quelques bouffées avant de s'écrouler, le soir, après le service. Sergueï est alors contraint de chanter, accompagné par un Petia souvent perdu dans les vapeurs de vodka et dont l'instrument geint de plus en plus lamentablement. Sur les lits, des dizaines de jeunes hommes cuvent leur détresse. Certains, gavés de neuroleptiques ou de mauvais alcool, s'endorment d'un sommeil entrecoupé de soubresauts et de gémissements. A chaque arrivée de « bleus », les cas d'empoisonnement se font plus nombreux. Ils ingurgitent de tout, du désinfectant au liquide de freins en passant par les mixtures refilées par les marchands de rêves. Beaucoup sont terrorisés à l'idée de repartir au combat le lendemain.

Tout en fredonnant, Sergueï surveille un garçon natif de Léningrad, Oleg, arrivé après leur installation dans cette chambrée. Il fait partie d'un groupe originaire de la caserne de Vitebsk : des troupes spéciales, entraînées à la dure, qui ne font pas de quartier, des tueurs. Après chaque mission, Oleg revient les traits figés, il ne parle plus et reste allongé, les yeux fixés au loin ; seules ses lèvres remuent de temps à autre. Dès le premier jour, Sergueï s'est senti une réelle sympathie pour ce garçon au regard triste. Il l'avait remarqué parmi tous ceux de son groupe : il ne fumait pas, ne buvait que de la bière, et surtout, dès qu'il en avait le temps, il lisait de la poésie. Sergueï avait essayé de lier conversation avec lui. Cela n'avait pas été facile. Oleg était méfiant et ce n'est que lorsqu'il lui eut parlé du livre qu'il gardait à la tête de son lit, et qu'il eut compris que Sergueï en connaissait par cœur presque toutes les strophes, qu'il accepta de s'ouvrir quelque peu. Fils d'une famille d'intellectuels, il s'était engagé dans les rangs des commandos par pur esprit de contradiction vis-à-vis de ses parents. Pour eux, cette guerre était immonde. Dissidents de toujours, ils ne pouvaient que condamner cette farce, comme ils l'appelaient, et le père d'Oleg avait exigé que son fils, majeur à seize ans, comme tous les jeunes Soviétiques, poursuivît ses études, quitte à payer le prix fort pour éviter qu'il ne soit appelé. Oleg racontait tout cela par bribes, les yeux mi-clos. Lorsqu'il était rentré chez lui après avoir signé son engagement, sa mère s'était couchée dans le corridor de l'appartement communautaire où ils habitaient et, hurlant comme une bête, était demeurée là à se taper la tête contre le sol, jusqu'à ce qu'on dût l'emporter à l'hôpital. Il était parti sous les malédictions de son père. Encore maintenant, Oleg ne comprenait pas son propre geste, car il aimait ses parents et respectait leurs idées, mais le besoin de s'affirmer avait été le plus fort. Il n'avait alors que dix-sept ans.

A présent il balbutie des phrases sans queue ni tête. Sergueï ne sait que faire. Depuis plusieurs semaines, il observe le nouveau manège de son camarade : sitôt rentré de mission, il prend quelque chose dans son barda, le plonge sous sa vareuse, se dirige vers les cabanons qui tiennent lieu de toilettes, puis s'en revient, s'allonge sur son lit de camp et reste ainsi des heures, les mains crispées sur sa poitrine.

Ce soir, la voix de Sergueï semble l'émouvoir plus particulièrement. Oleg s'est assis la tête entre les mains et se balance d'avant en arrière comme les enfants qui ne peuvent trouver le sommeil. Bientôt il se lève, s'empare de son livre de poèmes, se penche pour prendre un objet sous son lit, s'approche de Sergueï et, tout en lui faisant signe de continuer à chanter, lui glisse le recueil entre les mains, ainsi qu'une boîte à savon de couleur rose.

« Prends bien soin du livre : il dit ce que j'étais... Garde aussi la boîte : c'est ce qu'ils ont fait de moi ! »

Et, de son pas de somnambule, il titube vers la porte, soulève la moustiquaire et sort dans la nuit. Sergueï est incapable de bouger, pétrifié par la certitude de ce qui va se passer. Quelques secondes s'écoulent, sa voix n'est plus qu'un filet grêle, et Vassia se met à hurler :

« Chante, merde ! Qu'est-ce que tu fous ? »

Au même moment, un claquement sec fait se dresser tous les hommes. Devant la porte, à quelques pas, couché dans la poussière, Oleg regarde les étoiles, yeux grands ouverts. S'écoulant de son flanc, le sang s'étale doucement. Dans sa main crispée, son pistolet fume encore.

« Et on mettra sur sa tombe : "Mort pour la Patrie" ! » ricane Petia d'une voix pâteuse.

Sergueï tient dans ses mains le livre et la boîte à savon. Ses yeux brouillés de larmes ne distinguent pas très bien les mots inscrits sur la page de garde : « A mon fils adoré, cette quintessence de la culture russe, et tout l'amour de sa mère. » Puis il ouvre le couvercle de la boîte à savon et manque défaillir : une ving-

taine d'oreilles humaines y sont minutieuse-
ment rangées. Poussant un cri terrible, Sergueï
jette au loin sa macabre découverte. Vassia, qui
vient de rentrer, se précipite pour les ramasser.

« T'es pas fou, c'est des trophées ! Ça vaut
son pesant d'or. Chaque paire représente au
moins dix bouteilles de bonne vodka ! »

Sergueï s'enfuit, court vers la casemate de
Lenka, bute sur une souche, tombe, se relève.
Elle attend sur le pas de sa porte, alertée par
le coup de feu. Il s'affale sur la couche. Sans
un mot, elle allume une cigarette, puis verse
une bonne rasade dans un gobelet qu'elle tend
à Sergueï. Il avale goulûment. Au bout de
quelques minutes, l'alcool fait son effet. Sergueï
tend la main, veut s'emparer de la cigarette.
Lenka cherche à l'en dissuader : « Non, celle-là
est pleine de kif. — Justement, c'est ce que je
veux ! » Et il aspire pour la première fois l'âcre
fumée, comme il l'a vu faire aux autres. Une
formidable quinte de toux le secoue de la tête
aux pieds. A la seconde bouffée, Sergueï se met
à parler, mêlant les images d'antan à l'abomi-
nable réalité présente :

« Tu sais, Lenka, dans mon village, on mange
des champignons pour se donner l'illusion
d'être un oiseau. Ce qu'il y avait dans la boîte
à savon ressemblait à ces champignons des-
séchés... »

Il éclate de rire à cette idée. Lenka le serre

contre sa poitrine, lui passe la main sur le front. Serguéï se met à pleurer maintenant.

« Voilà ce qu'ils ont fait d'un garçon qui n'aimait que la poésie. Que vont-ils faire de nous ? Je veux retourner dans ma forêt. Je veux revoir Vassilissa ! »

Abruti par l'alcool et le kif, il s'assoupit enfin, bercé par une Lenka au visage de *mater dolorosa*.

Le soleil à peine levé, tous les hommes sont au garde-à-vous sur la place centrale du camp militaire.

« Nous commençons un vaste mouvement d'encerclement. Décollage dans trente minutes. Rompez ! » hurle le commandant.

Dans l'hélicoptère, tassés les uns contre les autres, le casque enserrant leur crâne endolori, bardés de gilets pare-balles, les sacs à dos calés entre leurs jambes, Vassia, Petia et Serguéï regardent défiler sous leurs pieds ce qui n'est déjà plus que leur passé récent : le camp que la poussière des décollages voile d'une brume dorée, Lenka et quelques autres filles qui les saluent à grands gestes, les chiens courant en tous sens — tandis qu'au loin se dressent les vagues immobiles des montagnes mauves vers lesquelles ils se dirigent.

Le voyage de Sergueï Ivanovitch

La faux des exécutions nous a épargnés.
Mais nous avons vécu les yeux baissés,
Fils des années terribles de la Russie,
Le marasme a versé la vodka dans nos
                                    [veines.

Chapitre 4

Roulé en boule, la tête entre ses bras repliés, Serguei tente de s'enfoncer encore plus profondément dans le sable brûlant. Pendant l'escalade de cette vallée encombrée d'énormes blocs tombés des hauteurs, leur compagnie a perdu plusieurs hommes tirés comme des lapins par d'invisibles fusils. Au fil des heures, les soldats épuisés ont abandonné une bonne partie de leur chargement : d'abord les casques qui font frire littéralement la cervelle, puis les gilets pare-balles datant de la Deuxième Guerre mondiale, qui pèsent une tonne, ensuite une, puis deux boîtes de munitions. Ils ne gardent que leur arme, quelques grenades, jettent même leur ration, tant l'effort pour gagner le sommet paraît au-dessus de leurs forces. Les seuls qui tiennent encore sont les « anciens », qui ont déjà combattu dans ces conditions. Leur allure est tout autre : en survêtement et chaussures de sport, ils n'ont emporté avec eux que leur arme et des gourdes dont ils partagent l'eau en ronchonnant avec les bleus. Ceux-là mêmes qu'ils ont persécutés naguère à la caserne, ils s'en sentent à présent responsables.

Tombant brusquement de tout son poids sur Sergueï, le capitaine qui les commande se tient la poitrine à deux mains. Entre ses doigts, le sang gicle. Il crie : « A moi ! » Vassia et un autre soldat se précipitent. Tous trois tirent le grand corps à l'abri dans un recreux. Sergueï est lui aussi couvert de sang. Vassia le croit blessé, mais l'autre garçon, en connaisseur, dit que seul leur capitaine a morflé. Pour celui-ci, frais émoulu de l'école d'officiers, c'était le baptême du feu. Il était le seul à avoir gardé une tenue correcte : visage rasé de près, chemise encore marquée des plis du repassage. Comparé à la dégaine de celui qui le soigne, il a l'air sorti d'une boîte de soldats de plomb. On bourre la plaie de compresses, on lui injecte un antalgique puissant. Sa peau blême fait ressortir ses immenses yeux bruns de Caucasien.

« Dommage de mourir ainsi sans avoir combattu... On ne m'avait pas appris ça à l'Académie militaire... Où est l'honneur ? Je n'ai même jamais vu l'ennemi... » Puis, se tournant vers les cimes : « Je ne souffre pas, laissez-moi ici. Il faut poursuivre l'attaque. Les montagnes me veilleront. Adieu... »

Entraînés par le soldat plus âgé, Sergueï et

Vassia rampent vers un groupe qui a installé une mitrailleuse et les couvre.

« Nous le récupérerons en redescendant avec les autres macchabées, leur crie-t-il. Il faut bloquer le col si on ne veut pas y laisser toutes nos plumes ! »

Et, prenant le commandement, il les précède, sautant d'un rocher à l'autre. Les jeunes suivent, courbés sous les balles. Certains s'écroulent, fauchés en plein mouvement. Sergueï, qui n'arrive pas à reprendre souffle, s'adosse un moment face à la vallée. Horrifié, il voit deux silhouettes enturbannées s'approcher de l'endroit où gît leur capitaine, quelques dizaines de mètres en contrebas. Avant qu'il ait eu le temps de réagir, un hurlement se répercute d'une paroi à l'autre.

Après avoir nettoyé le secteur, le commando se sépare en deux : les uns tiendront le col, les autres descendront vers le village occupé le matin même par le gros de la troupe. Petia et Sergueï font partie du groupe renvoyé vers l'arrière avec mission de ramasser les blessés. Tout fier, Vassia est désigné pour garder la position avancée. Déployés sur toute la largeur de la gorge, les hommes inspectent chaque anfractuosité. Quand ils trouvent quelque chose, des gémissements ou des jurons se font entendre. Sergueï se rend directement vers le ravin où il a laissé le capitaine : bras et jambes en croix, celui-ci gît à demi dénudé, une plaie sombre à l'endroit du sexe. Ses yeux épouvantés fixent le soleil, sa bouche est remplie par ses organes sanguinolents.

Sergueï tombe à genoux, le front dans la poussière, et se met à hurler. Petia, qui l'a suivi, le saisit sous les bras et le traîne à distance, puis, constatant qu'il ne cesse de sangloter, lui assène une gifle violente et lui crie :

« Tu ne peux plus rien pour lui ! Il faut sauver notre propre peau si on veut les attraper et les achever à coups de botte, ces monstres ! »

Quand ils parviennent au village, tous arborent le même masque dur au regard vide, semblable à celui qui les étonnait tant chez les gars qu'ils voyaient descendre des hélicoptères, à Kaboul.

Le médecin du bivouac distribue des pilules jaunes à ceux qui n'arrivent pas à se calmer. Sergueï, dont le corps est secoué de tremblements saccadés, avale le médicament sans mot dire. Petia le force à s'allonger contre un muret abrité du vent qui s'est levé. Après les cinquante degrés atteints dans la journée, une soudaine fraîcheur est tombée du haut des pics et le brouillard, comme un vaste rideau, masque désormais le lieu de la tragédie. Les corps ont été empilés en bordure de la piste défoncée qui dessert le village. Deux « anciens », dix-neuf ou vingt ans, leur parka largement ouverte sur un maillot rayé, fument et blaguent, assis à deux pas. Il leur faut garder les morts autant que les vivants qui, maintenant, tentent de s'assoupir. Un bruissement léger, sur leur gauche, les fait bondir ; deux rafales simultanées trouent la pénombre. Un chien errant est projeté en l'air, cisaillé par les balles. Les deux jeunes éclatent de rire. Tous les soldats se sont dressés ; certains blessés se mettent à gémir, appelant leur mère ; le médecin court de l'un à l'autre.

« D'ici quelques heures il fera jour, l'hélico viendra, vous serez évacués vers l'hôpital, tout ira bien. »

Petia, amer, commente :

« Bande de veinards ! Vous avez du cul d'être rapatriés bientôt. C'est pas moi qui aurais eu cette veine-là ! »

Sergueï, dont les dents s'entrechoquent, se recroqueville encore un peu plus. Il ne peut oublier la vision du corps mutilé. Il revoit aussi Oleg lui tendre son terrible cadeau, il se le représente tranchant ses oreilles sur des ennemis peut-être encore vivants. Il cherche dans sa mémoire quelque image capable d'éclipser ce cauchemar qui défile sans cesse devant ses yeux. Mais rien ne l'apaise ; ce soir, rien n'a la puissance de l'effacer. Même le visage aimé de Vassilissa lui apparaît couvert de larmes, comme tordu de douleur.

Rejetant la bâche que Petia a glissée sur lui, Sergueï se lève et, titubant, part à la recherche de son ami. Il passe près de plusieurs feux autour desquels se pressent les hommes : comme ils sont différents des joyeux brasiers de son village, et comme il voudrait retrouver la candeur de ces années révolues ! Petia, qui l'a vu rappliquer, lui fait signe de s'asseoir. Puis, le prenant par l'épaule, il lui passe une gourde et, après l'avoir fait boire, lui demande de chanter.

« Ça nous fera du bien à tous, mon vieux ! Comme tu ne dors pas, autant qu'on en profite ! »

La voix s'élève, plainte immémoriale que l'écho va répétant à l'infini. Plusieurs soldats reprennent en chœur, exorcisant leur peur et leur dégoût.

A l'aube, il faut repartir. Au terme d'une danse périlleuse, les hélicoptères ont ramassé leur chargement de douleur. Le médecin a distribué des poignées de comprimés blancs. Les « anciens » se sont mis à ricaner : « Les bleus vont les bouffer tout crus maintenant qu'ils ont avalé la Ferocine-amphétamine ! » De fait, Sergueï se sent soudain ardent, comme soulagé du poids qui l'oppressait, chacun de ses muscles répond sans effort, son sac lui paraît plus léger et les larmes lui montent aux yeux lorsqu'il découvre la splendeur du ciel où les nuages déroulent leurs écharpes aux tons les plus doux. Près de lui, Petia le considère avec des yeux brillants et lui répète les mêmes mots que la veille, mais avec cette fois une sorte de jubilation communicative :

« On va les découper en petits morceaux !

« On va les enfoncer dans le sol sous nos semelles !

« On va les brûler tout vifs ! On va les bouffer ! »

Et Sergueï se met lui aussi à rire. Il trouve ça franchement drôle. De proche en proche, le rire gagne tous les gars qui montent à l'assaut de cette maudite montagne, elle qui sait si bien cacher les porteurs de mort.

Lorsqu'ils parviennent au sommet, leur cœur bat à tout rompre, ils sont impatients d'en découdre, leur rage de tuer est comme décuplée. Vassia et les autres ont tenu vaille que vaille contre les attaques nocturnes. Deux sentinelles ont été égorgées silencieusement : deux gars pourtant aguerris, les « anciens », peut-être trop sûrs de leur supériorité dans ce combat sans foi ni loi. Sur l'autre versant, la compagnie déboule vers la plaine où sont disposés plusieurs hameaux. Les maisonnettes de torchis, entourées d'une maigre végétation, donnent une impression de total dénuement. Des poules, deux chameaux, un âne semblent abandonnés. Avant que l'officier n'ait eu le temps d'intervenir, quelques jeunes hurlent et se mettent à tirer dans le tas, abattant un des chameaux, blessant l'autre qui tente de se sauver mais qui, atteint par une rafale, s'effondre, les pattes avant cassées. D'autres ont visé les poules, des plumes volent, semant leurs taches de couleur sur le paysage uniformément ocre. Sergueï, que la scène a dégrisé, se rue sur l'un des garçons qui a déjà tourné son arme contre l'âne trottant vers les hauteurs. Mais il reçoit un coup de crosse dans le ventre. L'autre vide son chargeur sur la bête dont les braiments couvrent les ordres que tente de faire entendre l'officier. Après avoir massacré les animaux, les jeunes soldats s'élancent vers les cahutes. Tirant à bout portant, ils les font s'écrouler une à une dans un nuage de poussière. De sous les décombres sort en rampant un vieillard tenant dans ses bras ce qui ressemble à un nourrisson, un paquet de chiffons qu'il plaque contre sa poitrine.

L'officier hurle : « Attention ! » Mais, ivres de drogue et de sang, les garçons déchargent tous leur arme sur le vieil Afghan. Une énorme déflagration secoue alors la vallée. Des blocs de pierre dévalent les flancs des montagnes, une pluie de terre mêlée de restes humains et animaux s'abat sur le commando plaqué au sol. Sergueï redresse la tête. Devant lui, un cratère de plusieurs mètres de diamètre où fument encore les éclats de la bombe artisanale que serrait contre son sein le vieillard en haillons. Des cinq jeunes hommes, il ne reste pratiquement rien. Vassia et Petia, accourus aux côtés de Sergueï, le relèvent, le palpent : « Tu t'en sors bien, grâce à Dieu ! Quelle chance tu as eue ! S'il ne t'avait pas repoussé, tu serais en bouillie, toi aussi. Risquer sa peau pour un baudet, c'est un comble ! »

Sergueï sent sa tête appartenir à un autre corps que le sien ; ses oreilles n'entendent pour ainsi dire plus, les mots déformés de ses copains l'atteignent comme à travers une couche d'ouate. Il ignore s'il a vraiment mal ou si c'est sa conscience, devenue trop aiguë, qui provoque en lui une indicible douleur. Comment supporter de voir disparaître six êtres humains en une fraction de seconde, de les voir réduits à l'état de déchets parsemant la terre aride qui a déjà bu tout le sang répandu ? Comment peut-on encore parler, respirer ? Pourquoi ne meurt-on pas sur le coup devant une horreur pareille ?

Ses copains l'ont ramené vers le groupe rassemblé autour de l'officier.

« Voilà ce qu'il ne faut pas faire, bande de crétins ! Toujours se méfier de tout : un objet abandonné, quel qu'il soit, un vieux poste de radio, une poupée, un ballon, même des fruits, pastèques ou melons. Tout peut être piégé, c'est la guerre à leur manière. Tout ce qu'on vous a appris, tout ce qu'on vous a raconté, c'est des bobards ! Ici, c'est le règne du coup tordu. Même les enfants peuvent vous planter un couteau dans le dos. Alors, pas de quartiers, mais prudence ! Soyez aussi salauds qu'eux... Allez, on ramasse ce qui reste, mettez-y même de la bidoche d'âne, ça fera bon poids. Il m'en faut cinq, compris ? »

Les « anciens » se mettent au travail sans broncher. Chacun a déployé un sac en plastique et, sous les regards horrifiés de la bleu-saille, y jettent en vrac les restes de leurs camarades, quelques morceaux épars de l'un des chameaux et, après avoir soupesé le tout, rajoutent une ou deux grosses pierres pour faire bonne mesure.

Beaucoup de jeunes vomissent, d'autres pleurent. Vassia et Petia regardent, l'œil vide. Ser-gueï, à genoux, tente de retrouver une prière de son enfance : celle que son père récitait au jour-anniversaire de la mort de sa mère. Mais rien ne vient. Ni les mots, ni l'émotion. Comment prier un Dieu qui permet de telles atrocités ? Comment demander de l'aide à Celui qui a laissé faire semblable gâchis ? Les der-nières bribes de foi disparaissent du cœur de Sergueï. Il reste à genoux, contemplant le spectacle macabre, glacé d'effroi.

Les hélicoptères ont amené la relève. Encadrée par quelques « anciens », une nouvelle vague de jeunes garçons repart à l'assaut de montagnes imprenables. Sergueï observe ces visages ingénus. Il voudrait leur crier qu'il est encore temps de refuser, qu'après, rien jamais ne sera pareil. Il voudrait leur montrer les sacs anonymes dans lesquels ce qu'on appellera encore des corps a été ramassé à la hâte. Il voudrait les adjurer de ne pas risquer ce bien si précieux : leur innocence. Les supplier de ne point commettre le plus grand crime, celui pour lequel on les a fait venir ici, on leur a menti, et auquel des années de propagande les ont préparés : se faire tuer à dix-huit ans. Mais il reste sans voix. Devant lui, trépignant d'impatience, jouant nerveusement avec leurs armes, découvrant leurs dents de jeunes loups, ils sont prêts à monter au combat comme l'étaient ceux d'hier et d'avant-hier. Aux anciens on donnait jadis de l'alcool avant l'attaque, mais eux défendaient leur propre sol, leurs familles, leur histoire. Ceux d'aujourd'hui ont eu le cerveau embrumé à coups de drogues et de slogans : défendre les frontières, accomplir son devoir internationaliste, édifier le socialisme, parachever la révolution..., entre autres formules qui pourraient faire ricaner si le résultat n'était si pitoyable : l'assassinat de dizaines de milliers de jeunes, la haine, la souffrance et la désolation.

Sergueï regarde défiler sous ses pieds le paysage désormais familier. Un fleuve dans lequel se reflète le bleu profond du ciel, un champ de pavots pareil à un lac de sang, des gens au travail, d'autres qui marchent le long des sentiers, une caravane qui s'étire à flanc de montagne. Tout semble si paisible. Mais son regard dérive maintenant sur ses camarades harassés, sur leurs mains terreuses agrippées à leur fusil, sur leur tête qui dodeline au gré des trous d'air. Vassia dort la bouche ouverte avec, à ses pieds, coincés entre les paquetages, les cinq sacs en plastique qui dégagent déjà une odeur de viande avariée. Mais ils n'ont plus rien à vomir, tous sont si recrus de fatigue qu'ils pourraient s'en servir comme d'oreillers s'ils pouvaient se coucher dessus ! Seul Petia ne sommeille pas. Il a sorti son bandonéon et en effleure amoureusement les touches, musique silencieuse dans le vrombissement des moteurs.

Ils approchent maintenant des faubourgs de la ville, Vassia a repris les choses en main. Il a organisé une distribution de vodka en sortant une bouteille d'une des innombrables poches de sa nouvelle veste de chasse japonaise, il a aussi glissé quelques pastilles euphorisantes à ceux qui en voulaient et, pour les autres, deux boîtes de lait concentré, le suprême régal. On se les passe, chacun en avale une goulée, beaucoup ferment les yeux tant le plaisir est grand. Sergueï songe que les hommes ont la mémoire bien courte : il y a quelques heures à peine, ils pleuraient de trouille et de dégoût, lui-même aspirait à mourir tant le monde lui semblait monstrueux ; à présent, ragaillardis par quelques milligrammes de substance chimique, ils sont prêts à affronter leur futur, quel qu'il soit. Car ils ne peuvent ignorer désormais que leur survie ne tient qu'à leur vitesse à tuer l'adversaire. Comme une bande d'adolescents en goguette, ils investissent le camp, jurent, s'interpellent, racontent « leur » guerre, vétérans de trois jours tout juste bons à repartir.

Sergueï, la tête en feu, s'est réfugié chez Lenka. Lui aussi souhaite raconter. Comme tous, il a besoin de soulager son âme. Son tempérament l'incline à rechercher l'écoute féminine, celle qu'il a connue toute sa vie durant avec les Makarov. Lenka, fatiguée des rudesses masculines, apprécie la pureté du garçon et peut, sans se sentir ridicule, s'abandonner à une tendresse quasi maternelle. Toutes ces phrases qui sortent par saccades, elle les a entendues des dizaines de fois. Les faits sont les mêmes : tuerie, carnage, massacre, souffrance. Mais Sergueï ne s'exprime pas comme les autres. Son exaltation, l'amour qu'il voue à l'être humain, le déchirement qu'il vient de subir lui font trouver des mots qui sonnent neuf :

« Pourquoi devons-nous *libérer* ces gens ?

» De quoi doit-on les *défendre* ?

» Qu'avons-nous à leur *apprendre* ?

» Ce ne sont pas des *bandits* qui nous tirent dessus, mais des paysans qui ne veulent pas de nous sur leurs terres.

» Ce sont *les mêmes* paysans qui, chez nous, faisaient face aux armées fascistes, avec des fourches pour toute arme.

» Pourquoi nous envoie-t-on les *massacrer* ?

» Pourquoi mourir sur cette terre *étrangère* ?

» Pourquoi fait-on de nous des *monstres* ? »

Malgré ses trente-quatre ans, Lenka ne sait que répondre. Elle est sidérée par la justesse des propos du garçon. Mais, tout au fond d'elle-même, naît insidieusement la peur. Élevée à la grande ville, elle a subi comme tous ses semblables une éducation très « politisée ». Propagande sur les murs, à l'école, cours de marxisme-léninisme, endoctrinement à l'université et, surtout, attitude ultra-orthodoxe de son père qui, pour « racheter » ses origines nobles, ne s'en montra que plus servile envers le régime. Elle ne peut s'empêcher de réagir selon les déclics prévus par ces années de façonnage mental : on ne peut critiquer, on ne doit pas juger, on a tort de nourrir des doutes, on se tait, le Parti réfléchit, soupèse, décide à votre place. Le Parti sait ce qui est bien, ce qui est mal. Le Parti et ses représentants sont l'Autorité suprême. C'est le bon père de famille qui veille sur ses millions d'enfants.

Depuis un moment, Lenka n'écoute plus. Elle est soudain tirée de ses réflexions par la voix brisée de Sergueï :

« Pourquoi nos pères nous envoient-ils faire cette guerre injuste ?

— Mais où donc as-tu été élevé, mon petit ? On ne t'a jamais expliqué qu'il ne fallait pas dire certaines choses ? On ne t'a jamais fait comprendre qu'il y a des mots qu'on ne doit même pas penser ? Tu dois un respect absolu à tes parents. Ce qu'ils t'ont transmis est sacré : l'amour de la patrie, le devoir à accomplir, la fidélité à notre système social...

Sergueï la coupe :

— Est-ce que réduire les hommes en une bouillie infâme, c'est de l'amour ? »

Lenka, de la main, lui fait signe de se taire. Puis elle se lève, se dirige vers son petit poste de radio, pousse le volume sonore au maximum. Le « tonneau » se remplit aussitôt de musique afghane. Lenka jure, tourne le bouton, cherche un autre programme. Une speakerine, d'un ton impersonnel, annonce les nouvelles du jour à l'intention des vaillants soldats stationnés à Kaboul : « Un régiment a procédé à des tirs d'exercice et à une marche. Nos valeureux sapeurs ont réparé un pont. A l'hôpital militaire sont actuellement soignés plusieurs enfants afghans brûlés dans l'incendie de leur maison... »

Lenka s'est rassise près de Sergueï et chuchote : « Tu veux me faire avoir des ennuis, ou quoi ? N'oublie pas que je suis fonctionnaire. Ici, on est très surveillés. Pas pour les trafics ou autres choses de ce genre, mais, sur le plan politique, ils sont terribles. D'ailleurs, si le commandant me fout la paix, c'est qu'au lit il aime "philosopher" et qu'il a peur que je le dénonce. Sinon, il m'obligerait à faire mon rapport sur l'état d'esprit de mes "amis". Tous le font, il y en a même qui inventent des complots imaginaires pour se faire mousser. Moi, je trouve ça dégueulasse, je ne suis pas flic. Seulement, chacun pour soi ! Ne me mets pas dans de sales draps. Je veux bien t'écouter, mais je ne tiens pas à perdre ma tranquillité. Si tu veux un conseil, ne parle à personne de ces choses-là. Sinon, tu risques le bataillon disciplinaire. Et ça, c'est pire que la mort ! »

Sergueï marche dans la nuit étoilée. Au loin, on entend le mollah dire la prière, des chiens aboient. Plus proches, les accords moroses du bandonéon de Petia, la voix de Vassia racontant quelque histoire obscène, le rire éraillé des soldats... Les dernières paroles de Lenka résonnent dans sa tête : « Ne parle pas. Chante, mais ne parle pas. » Il ne peut calmer l'indignation qui l'habite. Comment son père Ivan Borissovitch, cet homme dont la rigueur est reconnue, ne lui a-t-il pas dit la vérité : que son pays vit sans doute sur un passé glorieux, mais que le présent n'en est qu'une grotesque caricature ? Pourquoi ne lui a-t-il pas fourni des armes pour se défendre contre cette douleur qui l'assaille ? Mais, surtout, comment a-t-il pu lui cacher l'essentiel : que cette guerre, cette farce morbide ne sert à rien ?

Dès les premières heures, ils avaient tous remarqué la vétusté des matériels en usage à l'hôpital. Puis, lorsqu'on leur avait distribué leurs armes de combat, ils n'avaient pas compris pourquoi les « anciens » ne portaient que le quart de leur harnachement. Maintenant, ils savaient : tout était pourri, datait au mieux de la dernière guerre. Même les rations étaient périmées. On les envoyait se battre contre des ombres en guenilles avec pour tout bagage des idées périmées elles aussi depuis longtemps.

La peur de Lenka l'avait choqué. Il la considérait jusque-là comme une amie pleine de sagesse, et voilà qu'il avait découvert un personnage inconnu, une femme à l'attitude conformiste, manquant de courage, incapable de se révolter. Il attendait un soutien, elle ne lui avait prodigué que des conseils de pleutre. Il ne lui restait plus personne à qui parler. Vassia se livrait à son business, il était totalement imperméable aux questions de morale ou de politique. Petia buvait tant qu'hormis son instrument, il avait coupé tout contact avec le monde extérieur. Oleg s'était suicidé, vraisemblablement pour les mêmes raisons que celles qui mettaient Sergueï à la torture. Il était désormais seul avec ce poids insupportable sur la poitrine.

Ses pas l'ont conduit sans qu'il s'en rende compte vers le hangar où s'affaire l'équipe de nuit chargée de préparer l'expédition des cercueils. Sous des tubes au néon s'amoncellent une multitude de sacs plastique. Les soldats déposent chaque sac dans une caisse de bois, puis celle-ci dans un cercueil de zinc qu'ils ferment aussitôt hermétiquement. D'autres font de même avec des corps enveloppés dans du papier d'argent, grandes poupées rigides qu'ils tassent à grand-peine. Puis, d'un geste désinvolte, ils inscrivent un nom sur une étiquette, et, par en dessous :

« Anatoli D., mort de typhoïde »,

ou « Vadim T., mort dans un accident d'hélicoptère »,

ou « Iouri K., mort en escalade »,
et collent l'étiquette sur le couvercle.

On leur vole même leur mort. Sergueï s'approche, hargneux :

« Vous n'avez pas honte ? Comment osez-vous les traiter ainsi ? Comment pouvez-vous encore mentir en ce moment sacré ? »

L'adjudant qui commande l'équipe l'empoigne par le bras et le lui tord derrière le dos.

« La ferme, petit trou du cul ! Tu n'as pas de leçon à nous donner ! D'ailleurs, je te connais, tu es l'artiste de la baraque 4. On m'a déjà parlé de toi et de tes copains, les Biélorusses. Des fouteurs de merde, oui ! On va s'occuper de vous. Il y a justement une mission, demain matin, près de Nangarhar. On cherchait des volontaires. Vous ferez très bien l'affaire. Décollage à six heures ! Tu iras faire ta morale aux cailloux. Y a que ça là-bas. Et, derrière chaque caillou, y a un tireur d'élite. Adieu, petit saint. Tu pars en enfer ! »

> *Gonflés d'opium et camés*
> *Ils n'ont plus visage humain.*
> *On n'entend plus hennir leurs bêtes*
> *Dont le galop s'éteint.*
> *Tout au long de la nuit, ils ont joué*
> *Leur cruelle farce de sang.*

Chapitre 5

Le visage enfoui dans la couche de neige sale, Sergueï mord à pleines dents. Il avale avec frénésie les gorgées de gadoue. L'eau, qui leur manque depuis quarante-huit heures, est devenue l'idée fixe de tout le commando. Certains « anciens » avaient déjà bu le sang de petits animaux lors de missions précédentes. Mais, ici, nulle vie ne paraît subsister et les hommes, hagards, se sont jetés sur les flaques au pied des névés. A plat ventre, on dirait des bêtes sauvages autour d'un point d'eau. Ils ont la peau brûlée par le soleil, noircie par la crasse ; leurs uniformes ne sont plus que des guenilles qui laissent apparaître leurs corps efflanqués. Alimentés depuis des semaines de choux moisis, de boîtes de poisson avarié, tous ont depuis longtemps perdu la force de leurs vingt ans. Certains ont la bouche édentée : ce sont les « vieillards », ceux qui ont su résister, qui n'ont pas été tués. Ils sont trois. Leur expérience les condamne à subir encore de longs mois de calvaire : ils sont les seuls à bien connaître la région, à discerner les embûches semées au long des sentiers, à deviner un puits empoisonné, à déchiffrer un objet insolite posé sur le sol mais qui constitue en fait un code à l'usage des moudjahidine. Surtout, ils ont avec eux le dernier chien antimine à ne pas avoir été encore sacrifié ; vieux mâle borgne, il est devenu une légende vivante dans la sombre chronique des commandos disciplinaires. Embarqué avec son maître, il a montré dès les premiers combats une extrême sensibilité à tout ce qui est explosif. Sa queue dressée à la verticale signifie : danger imminent. Une patte levée, à l'arrêt, indique avec précision l'emplacement de la mine, même enterrée à grande profondeur. Il a sauvé plusieurs dizaines de convois voués à sauter sans aucun survivant. Se traînant à sa suite, tout le groupe s'est arrêté devant les premières plaques de neige : l'« Ours » (surnom qui lui fut donné lorsque, jeune chiot, il ressemblait à une peluche) s'est affalé, le ventre collé à la terre humide. Lui aussi lape avidement le filet d'eau boueuse qui filtre du rebord neigeux. Les hommes ont ôté leurs chaussures, tous ont les pieds en piteux état. Certains essaient de les recouvrir de papier pour que les blessures ne collent pas au tissu. D'autres ont enfoncé leurs jambes jusqu'au mollet dans la boue fraîche ; le soulagement les fait presque sourire.

Depuis leur départ pour la région de Nangarhar, Sergueï et ses copains n'ont pas eu l'occasion de dormir une seule fois dans un lit, de
se laver ni même de manger chaud. Ils ont
sans cesse couru à la poursuite de bandes
formées le plus souvent de cinq ou six hommes,
se déplaçant avec célérité dans des paysages
accidentés où l'on peut marcher de front pendant des kilomètres sans se voir à travers
gorges, ravines, éboulis de caillasse. Il leur
arrive souvent de sentir la présence de l'ennemi à quelques mètres. Mais il reste invisible.
Eux aussi ont appris à se mouvoir sans faire de
bruit : réduits à l'état d'animaux rampants, ils
se terrent le jour, se déplacent la nuit, tuant
silencieusement les guetteurs postés sur leur
route. Sergueï, qui suit toujours Vassia à
quelques pas, le voit exécuter les gestes meurtriers avec la vivacité d'un félin. La force qui
lui reste dans les bras lui permet de rompre
les vertèbres en même temps qu'il plonge son
couteau en plein cœur. Petia a une autre
technique : son énorme main saisit le visage
entier par derrière et, du tranchant de l'autre
main, il frappe un coup puissant contre la
glotte de l'homme avant même que celui-ci
n'ait pu pousser le moindre gémissement. Le
résultat est le même : mort immédiate. Tous
deux ont pris goût à cette chasse impitoyable.
L'excitation des premiers jours a fait place à
une ivresse barbare. Leur héros est un adjudant

aux cheveux en brosse, à la moustache jaunâtre, dont les yeux incolores font peur par leur absence d'expression. Il se nomme Svolodarski et n'est arrivé que depuis quelques semaines. Muté pour une affaire de trafic, il séjourne là au « purgatoire » (comme il dit) avant de redescendre vers la civilisation. Il a tout de suite remarqué le trio des Biélorusses. Moscovite et gradé, il les a pris sous sa coupe, au grand bonheur de Vassia qui n'en rêvait pas tant et semble vivre l'aboutissement d'une aventure qu'il escomptait rencontrer en quittant son village : devenir tueur dans un commando, même si, en l'occurrence, leur allure tient plus de celle de clochards que de soldats d'élite. Quant à Petia, le monde a basculé pour lui dans l'alcool : rien qui ne soit flou, et oublié sitôt que vécu. Seul Serguaï conserve une lucidité qui le met à la torture.

Dès les premiers jours, sa maladresse a failli leur coûter la vie à tous. Vassia et lui devaient nettoyer une étroite plate-forme censée servir de lieu de rassemblement aux Afghans. Caché jusqu'aux yeux parmi les herbes hautes, il voit une ombre s'approcher. Comme on le lui a appris, il retient sa respiration et laisse l'homme s'installer tranquillement à portée de main. L'ordre est de tuer sans risquer d'ameuter les autres, donc de prendre le temps nécessaire pour que l'ennemi se croie en sécurité et relâche son attention. Vassia l'a également

repéré et émet un léger son stridulé qui signifie : « Je me le fais. » Soulagé, Sergueï, qui
tenait son poignard prêt, va pour détourner les
yeux quand l'homme allume un briquet dans
le creux de ses paumes : illuminés quelques
instants apparaissent son visage clair, ses cheveux blonds, ses doigts roses et soignés d'Eu-
ropéen. Sergueï ne peut retenir un juron.
L'homme, tout en aspirant une goulée de fumée,
lève ses yeux bleus sur lui. Simultanément,
Sergueï voit passer le bras gauche de Vassia
brandissant la lame d'un couteau à cran d'arrêt.
L'expression se fige sur le visage bien nourri
du mercenaire.

Cela n'a duré que le temps d'un frisson.
Vassia l'agonit d'injures à mi-voix, puis, rasséréné par le butin miraculeux trouvé sur le
cadavre qu'ils ont dénudé et abandonné, sa
peau blême luisant sous la lune, il en dresse et
en refait l'inventaire tout au long de la nuit :
cigarettes, seringues jetables, attelles gonflables
pour les fractures, morphine, biscuits de survie,
montre, bague et chaîne en or, fusil italien,
sans parler des godasses de désert, des sous-
vêtements, de tout ce qui en fait leur plus belle
prise de guerre à ce jour.

Sergueï ne parvient pas à contenir le flot de
questions qui l'assaillent à nouveau : qui est cet
homme venu jusqu'au fin fond de l'enfer se
battre aux côtés des Afghans ? Pourquoi ? Au
nom de quel idéal ou pour quel profit ? Et

pourquoi eux, envoyés par un État tout-puissant prêter main-forte à cette population, n'ont-ils rien à se mettre sous la dent, rien pour se protéger, pourquoi sont-ils haïs et combattus sans merci ?

Des mains de Vassia qui n'a gardé que la bague et la chaîne en or, l'adjudant Svolodarski a reçu les présents d'un air blasé, comme si tout cela ne le concernait pas. La montre seule l'a fait réagir. Il a jeté le reste dans le sac à dos que Vassia porte à sa place. Sergueï, lui, ne peut presque plus marcher. Ses pieds sont si enflés qu'il a dû troquer ses bottes de parachutiste, presque à sa taille, contre une paire de tennis trop grandes. Elles ne lui tiennent aux pieds que par le pus qui les colle à la chair à vif. Compatissant, Vassia lui nettoie les pieds, les panse, puis, d'un air canaille, lui passe une paire de chaussettes comme ils n'en ont encore jamais vu l'un et l'autre : elles sont doubles, une face lisse, l'autre en éponge, et arborent trois grandes raies horizontales des plus seyantes : bleu-blanc-rouge. « Des chaussettes françaises aux couleurs de la Révolution !... » clame Vassia. De son front penché au-dessus de lui, Sergueï voit choir quelques-uns des poux accrochés par paquets à ses sourcils broussailleux. Sergueï ne réagit même plus à voir la vermine changer d'hôte.

Puis ils sont montés si haut dans la montagne que le froid les a presque débarrassés de leurs parasites. Mais le manque de vivres, d'équipements, de médicaments se fait encore plus cruellement sentir. Et la soif les rend comme fous. Même les « vieillards », accompagnés de l'« Ours », le seul chien survivant, ont du mal à résister dans ce désert minéral. Après avoir absorbé l'eau boueuse, Serguei est pris de violentes coliques. Il s'éloigne de quelques pas, suivi par Svolodarski et Petia qui ont baissé eux aussi culotte et se soulagent en grognant à qui mieux mieux. Vassia s'approche et, accroupi devant eux, leur tend à chacun une pastille de désinfectant intestinal.

« Pourquoi vous demandez pas au bon docteur Vassia ? Il a tout ce qu'il faut contre la chiasse ! »

Au moment où ils s'apprêtent à remonter leur pantalon, la voix d'un des « vieillards » s'élève :

« Vas-y, l'« Ours », cherche, renifle-la, cette putain d'italienne, je suis sûr qu'elle est là, planquée ! Garez-vous, les gars, il l'a trouvée !... »

Tous se jettent à plat ventre. Serguei, Petia et Svolodarski, allongés le cul nu, sursautent à la déflagration. La terre à peine retombée, Vassia se redresse et, éclatant de son rire tonitruant, les montre du doigt aux survivants.

« Ils étaient prêts à lui offrir leurs plus beaux appas, mes p'tits copains ! »

Mais nul ne répond à son rire. Les jeunes font cercle autour de ce qui reste du « vieillard » et de l'« Ours » : inextricablement mêlés, les deux corps ne font plus qu'un, animal bizarre, mi-homme mi-chien. La « putain » italienne, la mine la plus redoutée pour son efficacité meurtrière, les a réunis plus étroitement encore qu'ils ne l'étaient depuis de longues années. La puissance de l'explosion a littéralement encastré le corps de la bête dans le torse de l'homme. Ils gisent, leurs têtes accolées, loup-garou bicéphale, la bouche édentée ouverte dans le même cri que la gueule aux crocs étincelants. Livide sous son masque de crasse, Sergueï passe une main fraternelle sur les yeux ouverts de l'homme et du chien, puis, soulevant une pierre plate, il la dépose sur leurs corps. Tous les jeunes en font gravement autant. Bientôt, un tumulus de belle taille recouvre les dépouilles. On y coince un bout de carton portant juste deux prénoms : Michka, Ours.

Nul ne se fait d'illusion : la tombe sera profanée la nuit même, dès qu'ils auront tourné les talons. Mais, de là où ils sont, impensable de rapatrier un corps. Ils ont déjà trop de mal à traîner leur propre carcasse ; cela fait longtemps qu'ils abandonnent à l'ennemi, puis aux charognards, les hommes qui sont tombés. Sergueï sort son calepin et ajoute deux noms à la longue liste. Cette tâche, il l'a acceptée volontiers. Il est le seul à posséder un crayon et un carnet. A dire vrai, il est aussi le seul concerné par la mémoire des disparus. Pour les autres, une fois le choc dissipé, seul subsiste le sentiment euphorique d'être soi-même encore en vie. Statistiquement parlant, ne pas être celui qui vient de mourir, c'est prendre une chance de plus de revenir un jour à la ville, revoir les filles, pouvoir manger et boire tout son saoul. Dans l'état de délabrement physique où ils se trouvent, aucun, hormis Sergueï, n'a plus la moindre préoccupation morale. Jamais l'expression « A la guerre comme à la guerre » ne s'est mieux appliquée, se dit Sergueï en claquant la couverture cartonnée de ce qui ne renferme plus qu'une litanie de noms inconnus. Il faudrait plutôt dire : « Dans cette sale guerre comme dans aucune autre... » Quand a-t-on vu tant de jeunes devenir des loques humaines pour rien ? Qui a envoyé des êtres immatures se battre pour une cause qui ne les concerne en aucune façon ? Pourquoi voit-on faire d'un tel désastre quotidien un motif de parades militaires qui font trembloter de plaisir les vieillards cacochymes qui dirigent ce pays ? Sergueï ne sait répondre à ces questions qui l'étouffent. Son esprit comme son corps sont perclus de fatigue, paralysés par la souffrance.

Pourtant, il faut continuer : Svolodarski les envoie opérer une diversion dans la vallée qui s'ouvre sur leur gauche. Ainsi, le gros du commando pourra échapper à l'étau des moudjahidine. Petia et Vassia l'entraînent, heureux de retrouver leur autonomie de mouvement pour un court instant. Ils dévalent la pente, insoucieux de ce qui les guette. Petia a même retrouvé un équilibre qu'il avait perdu depuis longtemps : bondissant d'un rocher à l'autre, il ressemble à une immense sauterelle, ses longs membres battant l'espace, son dos rendu bossu par le sac qui bringuebale, sa tête rasée surmontant un cou maigrichon à la pomme d'Adam en perpétuel va-et-vient. Il hurle de joie. Vassia ne peut suivre, ses deux musettes archibourrées l'empêchent de courir. Sergueï, les pieds à nouveau à vif, suit comme il peut. Soudain, comme au ralenti, ils voient la grande figure se disloquer dans les airs ; le bruit de la dynamite ne les atteint que quelques millièmes de seconde plus tard. C'est dans le silence qu'ils regardent retomber le corps de leur copain, puis les bras chacun de leur côté. Oubliant sa propre douleur, Sergueï se précipite sur lui. Petia, les deux bras arrachés, n'a pas cessé de sourire. Tandis que Vassia, pour arrêter l'hémorragie, se hâte de poser des garrots sur ce qui dépasse encore des épaules, Sergueï le soulève et lui injecte la morphine du mercenaire. Puis, lui soutenant la tête, il l'entend demander :

« Dis, Sergueï, mes mains, elles sont parties ? »

Sergueï baisse la tête.

« Dis, Sergueï, je jouerai plus, hein ? »

Sergueï ne peut retenir ses larmes.

« Pleure pas, Sergueï, regarde plutôt si mon bandonéon est pas foutu. »

Sergueï ouvre le sac, sort l'instrument qui, en s'étirant, rend un gémissement strident.

« Non, ça va, ils l'ont pas crevé ! Alors, écoute bien : je te le donne. Tu vas apprendre très vite à en jouer. Comme ça, tu pourras t'accompagner tout seul, ce sera encore mieux. » Puis, se tournant vers Vassia : « Donne un coup à boire, vieux ! Là, je l'ai vraiment mérité. »

Et, sans cesser de sourire, après avoir avalé le contenu de la flasque que Vassia lui a versé dans la bouche à petites gorgées :

« Sergueï, dis-moi, Vassilissa, elle t'attend ? »

Sergueï essaie de sourire.

« Si je m'en sors, je pourrai aller la voir, juste pour la regarder ? Dis, je pourrai ? »

La voix de Petia a faibli. Son corps est devenu mou.

Vassia le charge sur son dos, abandonnant sur place ses précieux havresacs. Sergueï n'a emporté que le bandonéon. Puis, se ravisant, il attrape le fusil à répétition et, geignant de douleur et de peine, il remonte derrière Vassia en direction du plateau où, ils l'espèrent, un hélicoptère pourra les secourir.

L'hélicoptère n'est pas venu. Allongé sur un brancard improvisé, Petia a pu quitter le site après d'éprouvantes heures de marche. Mais il est vivant lorsqu'on le confie enfin aux mains des chirurgiens. Ceux-ci ont bon espoir de sauver sa jambe droite, très abîmée par les éclats. Pour les moignons des deux bras, les pansements ont été bien faits et, grâce aux médicaments de Vassia-le-docteur, il n'y a pas d'infection à redouter. Petia n'a pas cessé de sourire, disant : « Je suis blessé, je vais être rapatrié. J'ai réussi, je vais rentrer au pays. Je suis veinard, vraiment ! »

Assis près de Sergueï, Vassia le regarde remonter le fusil après avoir nettoyé et graissé une pièce après l'autre.

« Pourquoi tu le briques autant ? T'as peur qu'il ne tire pas droit ? »

Mais le cœur n'y est pas. Même Vassia a perdu toute envie de plaisanter. Tous deux, sans se le dire, songent à Petia, à sa pitoyable joie d'être rapatrié sanitaire, à son avenir de grand invalide de guerre, à son courage devant les copains en larmes, au moment des adieux.

Depuis, le commando a repris sa progression sur un terrain encore plus dangereux : une vaste plaine surplombée de roches semblables à des millefeuilles géants. Déjà, ce matin, ils ont aperçu à la jumelle des groupes se déplacer en demi-cercle. Peut-être vont-ils enfin livrer bataille en terrain découvert? C'est ce que pense Svolodarski, qui n'est guère optimiste pour ses hommes. Dès l'aube, il a donné ses ordres en vue de l'affrontement. Ils ont creusé des tranchées, suant sang et eau tant la terre est dure. Puis il a fallu aménager une casemate à l'intention de Svolodarski, car il exige que son poste de commandement soit aussi protégé qu'un bunker. Les hommes ont rechigné, mais le regard qu'il a porté sur eux les a glacés. Il joue sans cesse avec son revolver d'ordonnance, laissant entendre qu'il n'hésitera pas à les descendre à la moindre incartade. Sergueï a déjà entendu évoquer le cas d'officiers abattus. On raconte qu'ils avaient tant maltraité leurs hommes que ceux-ci n'avaient pas hésité à leur tirer dans le dos au moment de l'attaque. Tous furent rattrapés, jugés et punis. Mais jamais aucun des officiers n'a été inquiété pour avoir « défendu son honneur et sa vie », comme ils disent. C'est-à-dire pour avoir humilié, torturé et froidement exécuté des hommes de troupe considérés comme du simple bétail... Alors, tous les garçons se sont mis à creuser, se faisant « plus silencieux que l'eau, plus bas que l'herbe », comme dit le vieux dicton paysan...

Le soleil est haut sur l'horizon, la plaine vibre, des volutes de sable jaune, comme de la poudre d'or, se déplacent mollement au fil des courants d'air chaud. Sergueï et Vassia, accroupis chacun dans sa tranchée, se regardent de temps à autre pour se donner courage. Car la peur s'est installée parmi les jeunes soldats. Depuis plusieurs heures, ils sont là, inactifs, à remâcher leur angoisse. Sergueï, le visage à quelques centimètres de la terre éventrée, essaie de humer cette odeur si familière. Mais, ici, même la terre ne sent pas pareil que les champs fraîchement labourés de son enfance. Appuyant son front à la glaise desséchée, il ferme les yeux. Dans un demi-sommeil lui apparaît enfin l'image tant désirée : Vassilissa aux longs cheveux défaits, aux yeux brillants, la bouche entrouverte. Ses bras ronds et forts tendus vers lui, elle avance, balançant ses larges hanches en un mouvement qui le fait gémir, tant il éveille en lui l'envie de la prendre, de la serrer contre son ventre, mais aussi de poser son front brûlant de fièvre sur son sein blanc. Il murmure les mots maintes fois répétés : « Vassilissa, Roussalka, déesse des eaux, ma bien-aimée, ma femme... » Insensiblement, il se met à pleurer sur le temps enfui, sur sa pureté perdue, sur l'horreur de cette sale guerre, sur son copain mutilé, sur sa propre détresse dans cet univers hostile.

Avant même que la mer de feu ne l'atteigne, Sergueï a senti l'odeur d'herbe brûlée. Il a eu le temps de sourire à l'évocation des champs, là-bas, dans lesquels courent les flammes qui noircissent l'étendue infinie pour régénérer la terre fatiguée. Mais, soudain, c'est l'enfer. L'air qu'il respire brûle ses poumons. La peau de son crâne se fendille comme celle des pommes de terre sous la braise. Ses mains, qu'il a croisées au-dessus de sa tête, se rétractent. Il n'a que le temps de se plaquer tout au fond de la tranchée, sauvé par sa prière à la terre, par son désir de se coller au plus près de cette masse bienfaisante qui lui rappelait son aimée. Tout autour de lui, les hurlements sont couverts par le sifflement des bombes incendiaires.

Aussi soudainement qu'elle a commencé, la pluie de feu s'arrête. On n'entend plus que des gémissements, des appels. Sergueï perçoit la voix altérée de Vassia. Il se redresse et rampe jusqu'au trou où son ami gît sur le dos, masse innommable recouverte d'une croûte orangée, les membres rabougris relevés dans un geste d'ultime défense. A travers ses dents découvertes par les lèvres carbonisées, Vassia appelle sa mère. Ses yeux sans paupières fixent le soleil sans plus rien voir. Son cri encore puissant s'affaiblit puis cesse quand Sergueï, sans l'effleurer, se penche sur lui et, retrouvant les intonations maternelles, lui murmure :

« Maman est là, mon petit, tout va bien, nous

allons rentrer à la maison ; je vais te soigner, ça n'est rien, mon petit Vassia chéri, je vais te guérir, parce que je t'aime plus que tout ! »

Vassia murmure quelque chose. Ses deux bras, dont les tatouages ont disparu, retombent sur sa poitrine. Serguéï poursuit sa berceuse pour l'au-delà en usant des mots les plus doux qu'il connaisse. Bien après que la respiration de Vassia s'est arrêtée, Serguéï, toujours tendu vers lui, dévide les phrases de tendresse dont sa propre enfance a été bercée.

« Ils attaquent ! » Ce cri lui parvient alors qu'il s'apprêtait à ensevelir le corps de son ami. Bondissant dans sa tranchée, il s'empare du fusil-mitrailleur et, pour la première fois de sa vie, les regardant bien en face, il tire sur les hommes qui approchent. Il n'a jamais vu les moudjahidine d'aussi près. Ils sont hâves, sales, en guenilles eux aussi. Certains vont nu-pieds, mais leur allure est fière. Serguéï les regarde s'écrouler à quelques mètres de sa tranchée, leur visage est le même que le sien, leur sang a la même couleur, ils sont si semblables à lui ces étrangers ! Alors qu'il rejette son arme, horrifié par ses premiers meurtres légaux, le vrombissement d'énormes libellules d'acier emplit le ciel.

« Les nôtres ! hurle Svolodarski. Restez au

fond des trous, ils vont nettoyer cette vermine ! »

A peine a-t-il cessé de hurler que la terre se met à frémir sous les balles qui la labourent.

Sergueï ne peut détacher son regard du visage de l'être qu'il vient de tuer : sous l'impact des balles tirées depuis l'hélicoptère, sa tête bouge, ses joues frémissent, semblent sourire. Les yeux noirs, languides, presque cachés par les paupières mi-closes, le fixent. Sergueï voudrait s'approcher, lui demander pardon. Il le voit si jeune, si terriblement faible, et en même temps si fier, invulnérable, au-delà de la mort.

Une formidable claque dans le dos le ramène à la réalité :

« Tu as été de première, avec ton tromblon, l'artiste ! Tu m'as sauvé un bout de vie ! »

Svolodarski, sans une égratignure, jubile. La relève arrive, vague d'énergie juvénile qui va se briser, elle aussi, sur d'imprenables cailloux. Apparemment, il s'en fout, pense Sergueï avec toute la colère rentrée qui s'est accumulée en lui.

« Tu as besoin d'un bon médecin. Tout de même, je te dois bien ça. Allez, je t'embarque. Mais ne crois pas que tu vas te la couler douce ! Avec moi, le repos est une denrée rare. »

Sergueï ne souhaite qu'une chose : partir, rentrer au village, revoir Vassilissa, ses petites mères Makarov, Ivan Borissovitch, la maîtresse d'école, les feux de joie qui ne roussissent que les poils de barbe, et ses bouleaux au feuillage bavard, et l'étang où les filles plongent nues au sortir du bain de vapeur... Ici, ils sont tous partis, tirés comme des lapins, ses amis Oleg, Vassia, Petia, et tous les autres dont il ne connaît même pas les noms. Prenant son carnet entre ses doigts à la peau craquelée par les flammes, Sergueï ajoute en pleurant le nom de son ami, puis le glisse dans sa poche et grimpe derrière Svolodarski à bord de l'hélicoptère. Il contemple en contrebas le champ de bataille, les corps des moudjahidine mêlés à ceux des jeunes soldats russes et, au milieu, dans la tranchée qu'il a creusée de ses propres mains et qui lui sert désormais de tombe à ciel ouvert, le corps martyrisé de Vassia.

Le bataillon décimé rebrousse chemin et
[s'en revient.
Sur nos pas se traînent défaites et
[crépuscules.
Mais je garde en moi la foi que notre travail
[de salauds
Vous donnera le droit de contempler le
[soleil levant.

Chapitre 6

Une fille accrochée à son épaule, une autre assise à ses pieds, Svolodarski boit au goulot, à grandes gorgées, le vin rouge de Géorgie, épais comme du sang de bœuf. Depuis leur arrivée à Kaboul, ils mènent tous grande vie : Sergueï, hospitalisé quelques jours, garde une cicatrice en forme d'éclair au sommet du crâne ; le reste s'est estompé rapidement. On l'a désinfecté, lavé, rasé. Grâce à l'adjudant chez qui il découvre chaque jour de nouvelles richesses, il est sapé de neuf et ressemble plus à un GI qu'à un soldat de l'Armée rouge.

Dans le tourbillon des semaines qui passent, il a volé un moment pour aller voir Lenka. Il a dû mentir à demi pour se libérer, prétextant une visite à quelque copain malade. Svolodarski lui a répondu que si c'était pour la « bonne cause » (une pute à baiser), il pouvait y aller, mais pas plus d'une soirée. « C'est bien suffisant pour une de ces salopes », a-t-il ajouté en claquant les fesses de celle qui se tenait à portée de main : une fille à la poitrine maigre, aux cheveux rares et huileux, « Farida la Glu », ainsi surnommée car prête à tout pour quelques « bons ». De celles dont on dit que, chassées par la porte, elles reviennent par la fenêtre. Elle inspirait pitié à Sergueï, qui ne pouvait cependant s'empêcher de ressentir un certain dégoût : nul ne l'obligeait à rester ainsi, sans statut défini, suivant un homme, puis un autre, sans destin personnel, mue par le seul intérêt, sans espoir ni volonté de remonter la pente...

Lenka l'avait accueilli chaleureusement. Maintenant qu'elle le savait sous la protection de Svolodarski, ses appréhensions étaient calmées, l'exaltation de son jeune ami ne lui faisait plus peur. Sergueï l'avait retrouvée dans son « tonneau » avec un certain plaisir. Elle était la seule à connaître ses copains, ses détresses, et jusqu'à ses premières ivresses. Il avait une fois de plus envie de raconter à une femme les bouleversements intervenus dans sa vie, si dissemblable de celle qu'il avait escomptée. Mais, surtout, il désirait lui confier le carnet qui contenait, comme un reliquaire, tous les noms et dates de décès de ses amis et des inconnus qu'il avait côtoyés durant ces mois. Le fait que Lenka fût comptable lui conférait, à ses yeux, une qualité particulière : celle de savoir garder les documents où s'alignent des chiffres, et de pouvoir les produire à la demande. La liste s'étendait sur deux colonnes et cela ressemblait fort à une facture de vivres ou de munitions. Son précieux calepin à couverture cartonnée serait ainsi en sécurité parmi les papiers administratifs. Sergueï fut soulagé de ne plus avoir à le porter jour et nuit dans sa poche sur la poitrine. Il avait si peur de l'égarer, et que tous ces morts perdent à jamais leur identité.

Lenka écoute, les yeux voilés de tristesse. Elle regarde celui qu'elle a vu débarquer, juvénile, rosissant au moindre gros mot ; elle se souvient, attendrie, de leur première rencontre, elle songe avec un brin de jalousie à la belle Vassilissa dont il ne va pas manquer de lui parler. Ayant ouvert le carnet que lui tend Sergueï, elle parcourt les lignes serrées. Tant de Vassia, Kolia, Micha sont tombés ! Et ceux qui restent, s'ils ne sont pas mutilés dans leur corps, comme Petia dont elle vient d'entendre la terrible histoire, sont estropiés dans l'âme, comme Sergueï dont le visage strié de plis amers a perdu l'expression naïve qu'elle aimait tant. Ses yeux, aux cils et aux sourcils brûlés, regardent maintenant sans tendresse. Sa voix, autrefois si claire, presque féminine, s'est assourdie, ternie, son ton est monocorde, ses phrases brèves restent souvent en suspens. Il a raconté sans indignation ce qu'il a vécu, il a décrit leur martyre sans émotion, comme si ces récits n'étaient qu'une banale chronique d'événements survenus à d'autres, voire inventés de toutes pièces. En l'observant, Lenka voit trembler ses doigts jaunis par la nicotine ; ses lèvres, autrefois renflées et humides, qu'il ne cesse de mordiller, sont craquelées. Entre chaque mot, les yeux rivés au sol, il passe et repasse sa main sur la cicatrice de son crâne, là où les cheveux ne repousseront plus.

Lorsqu'il achève le récit du sauvetage de Petia, il lève soudain sur elle un regard plein d'interrogation et d'espérance : « L'as-tu vu en transit, ici à l'hôpital ? Sais-tu quelque chose de lui ? N'a-t-il pas laissé quelque message pour nous ? Sait-il, pour Vassia ?... »

Elle est heureuse de pouvoir lui répondre.

« Je ne l'ai pas vu, mais l'infirmière qui l'a soigné m'a transmis une lettre écrite pour lui par un autre blessé. Je te l'ai gardée » — et, se levant, elle prend une enveloppe sous la pile de livres, près du lit :

« Pour Sergueï, le chanteur du village de Savitchev. »

« Serioga, notre rossignol,

« Celui qui écrit pour moi n'est plus un homme entier. Lui, c'est le bas qu'il n'a plus ; moi, comme tu sais, c'est le haut. Ce qui fait qu'à nous deux, on est presque complets... On nous promet des prothèses articulées. Il paraît qu'en m'exerçant bien, je pourrai tenir quelque chose sans le laisser tomber. Ils ne promettent pas que je pourrai jouer du bandonéon, mais qui sait ? Au fait, j'espère que tu me le gardes bien au frais. Et que tu en joues, car il ne doit pas rester dans une boîte. Il s'y ennuie, et c'est le pire pour lui. Comme pour moi, d'ailleurs. J'ai hâte de vous voir, mes frères. Je rentre sous peu au pays. Comme je n'ai pas où aller, j'ai écrit, ou plutôt fait écrire aux Makarov pour dire que je viens. Elles m'attendent, c'est épatant. Moi qui n'ai jamais eu de famille, je vais me retrouver avec huit bonnes femmes et un grand-père. Au fond, je suis un sacré veinard ! Je vous serre sur mon cœur. Gardez-vous des balles. Et des belles, aussi. Vassia, surtout, ne te fatigue pas trop, économise tes forces pour le retour. Je chaufferai les filles, en attendant, par le récit de tes exploits.

Votre pingouin soiffard,

Petia. »

Serguëi pleure doucement. Sur le papier quadrillé, l'encre diluée dessine de grandes traînées violettes. Lenka pleure aussi. L'indifférence de Serguëi n'était donc qu'un masque cachant une douleur sourde contre laquelle il ne peut rien.

« Tu vas rentrer au village, à la maison. Petia t'y attend. Tu vas retrouver Vassilissa. Tu seras encore heureux, j'en suis sûre. »

Et, pour marquer sa certitude, elle ajoute :

« Svolodarski n'est qu'une brute. Au lit, y vaut rien, mais dans le civil, il est tout-puissant. Si tu es avec lui, tout est possible. Il t'a à la bonne, tout le monde sait que tu lui as sauvé la peau. Alors, mon petit, profites-en ! Ne sois pas idiot, demande-lui de t'aider à partir. »

Après l'avoir serré dans ses bras, elle se lève, va vers la valise glissée sous son lit de camp et en sort une boîte à gâteaux décorée de coquelicots :

« Voici pour ton retour. Et ça, c'est pour celle que tu aimes. »

Dans ses mains tendues, une liasse de « bons » et une petite bague ancienne sur laquelle brille une pierre précieuse.

Dans la nuit sans lune, des fenêtres illuminées. Sergueï s'approche de la bâtisse où logent tous les « protégés » choisis par l'adjudant : au fil des mois, il s'est constitué une petite cour composée de gosses disparates, tous éprouvés par la sale guerre mais prêts à obtempérer au moindre désir du chef. Beaucoup l'admirent sincèrement pour sa puissance et sa brutalité ; certains en ont simplement peur ; d'autres ont perdu toute volonté au cours des combats et, comme des automates, se plient à son autorité. Svolodarski a formé ce qu'il appelle un « corps d'élite » pour « défendre la patrie » contre l'ennemi invisible. De mèche avec le supérieur local du KGB, il jouit de beaucoup plus d'autonomie que la plupart des officiers de son rang.

Après avoir palpé Serguaï comme une bête destinée à l'abattoir, Svolodarski l'a trouvé amaigri, fatigué.

« Tu es en retard ! T'as trop fait la fête, on dirait. Pour cette fois, je te pardonne. Va dormir. Demain matin, on a de quoi faire. On va pas s'ennuyer ! »

Sitôt glissé dans son lit, ne gardant en mémoire que le regard blafard de l'adjudant, Serguaï s'endort épuisé, serrant dans ses mains recroquevillées les « bons » et l'anneau scintillant.

Il est réveillé par quelqu'un qui lui tapote légèrement l'épaule. Il a reconnu Elem, ainsi nommé par ses parents tadjiks en hommage à Lénine et Marx. Serguaï pousse un soupir et chuchote : « Vas-y, je t'écoute. » Comme presque chaque nuit, le garçon au visage oriental s'accroupit à son chevet et, volubile, dévide de sa voix chantante le récit vingt fois entendu : « J'ai la certitude que Dieu existe. Je n'y croyais pas non plus, mais je vais t'en donner une preuve irréfutable, tu m'entends ? Je vais réussir à te faire croire au Tout-Puissant. On était en poste dans la montagne depuis plusieurs semaines. Tout était calme. Les copains et moi, on essayait de chasser pour améliorer l'ordinaire, tu sais ce que c'est. Un jour, en haut du col, j'ai trouvé un énorme serpent, une sorte de python étendu de tout son long, avec plusieurs plaies sur son long corps. Je l'ai touché, il vivait. J'ai eu pitié de lui, je l'ai pansé avec mes bandes molletières, après avoir saupoudré ses chairs meurtries de sulfamides. Je suis revenu le lendemain, puis tous les jours, avec du lait, des poulets décongelés, des œufs. Il faut te dire que j'ai travaillé dans un cirque, dans mon patelin, au Tadjikistan. Les bêtes, ça me connaît. Le serpent est devenu mon ami, je m'ennuyais tellement là-haut ! Il allait mieux, ça me faisait plaisir. Ça me donnait un but dans la vie. Un matin, je suis arrivé près de lui. Il était lové dans un creux de sable... Je m'approche et, soudain, il se dresse et s'enroule autour de moi. Je tombe sous le choc. Il me serre si fort que je ne peux presque plus respirer. Sa gueule est là, à quelques centimètres de mes yeux. Je pense que tout est fini, qu'il va m'étouffer, me bouffer. Mais il ne bouge plus et on reste comme ça, enlacés, par terre, des heures durant. A la nuit tombée, je sens tout à coup son étreinte se relâcher. Il glisse de tout son long sous mon corps et disparaît dans un chuintement derrière un rocher. A moitié fou de terreur, je redescends en courant. Quand j'arrive en vue du campement, il n'y a plus de lumière, pas de feux. Je m'approche et découvre l'horreur : tous, ils sont là, rangés sur le sol, dépecés, mutilés. Les chiens ont commencé à lécher le sang répandu, je les chasse à coups de pierre. J'enterre mes copains. Je me mets à genoux et remercie Dieu de m'avoir envoyé le serpent qui m'a sauvé la vie. Car, sans lui, je serais mort moi aussi. Gloire au Tout-Puissant ! Gloire à Dieu ! »

Il se prosterne plusieurs fois. Puis il disparaît, laissant enfin Sergueï se rendormir en murmurant : « Pauvre fou ! »

Svolodarski n'a pas tenu sa promesse, on ne s'amuse pas. Voilà trois heures que Sergueï et un groupe du « corps d'élite » font le guet sous un soleil implacable, les nerfs à fleur de peau. Ils sont partis dès l'aube, harnachés comme pour une mission. Il ne leur manque aucune des armes meurtrières. Les ordres sont simples : encercler un hameau de plusieurs masures, poster des mitrailleuses légères aux points stratégiques, se déployer autour de l'objectif et attendre l'ordre d'attaquer. L'adjudant a bien martelé la dernière phrase : « Vous attendrez tout le temps nécessaire. Prenez vos précautions, ce n'est pas le ravitaillement qui manque. Mais pas d'alcool, compris ? Vous ferez la bringue après. Ça peut durer plusieurs jours, mais ne bronchez pas avant que je vous aie fait signe. L'ordre ne peut venir que de moi. »

Serguèï observe son plus proche voisin. C'est un garçon plus âgé que les autres. Il s'est engagé il y a trois ans. Il cherche à se procurer un maximum d'argent : il a une revanche à prendre sur la vie. Son nom est Guéna et son surnom « Collier d'acier » : il porte comme un bijou une large cicatrice rouge vif autour du cou. Depuis une certaine nuit, Serguèï sait que ce n'est pas à la guerre qu'il a reçu cette blessure. Lui aussi, c'est la voix maintenant brisée de Serguèï qui l'avait attiré.

Svolodarski parti, les hommes, laissés à eux-mêmes, s'occupaient : d'aucuns écrivaient à leur famille, peinant sur la feuille de cahier, humectant sans cesse le crayon à encre du bout de leur langue ; d'autres lisaient. Après avoir sorti le bandonéon de Petia de la caisse à munitions qui lui servait d'étui, Serguèï avait maladroitement effleuré les touches. Dans le silence qui avait suivi, tous avaient relevé la tête. Confus, Serguèï avait tenté d'expliquer son incompétence. Mais le son familier avait réveillé même ceux qui dormaient. Tous en même temps suggérèrent des titres de chansons. Serguèï abandonna l'instrument dont il ne savait pas jouer et, s'accompagnant de percussions, comme au village, se mit à chanter. Parmi tous ces visages tendus vers lui, il avait remarqué celui de Guéna. Ses yeux n'étaient pas éteints comme ceux de la plupart. Une lueur de reconnaissance y brillait, son expression était tendre. D'ailleurs, dès les premiers couplets, il s'approcha et, installé sur le sol recouvert de tapis, il goûta le chant et son sourire s'épanouit. Plus tard, alors que tous s'étaient dispersés, Guéna s'approcha de Sergueï et le serra violemment dans ses bras.

« Toi, tu sais tout ou presque... Tu chantes comme un ange blessé. Mais c'est ce que nous sommes devenus qu'il faut raconter. Écoute mon histoire : je te la donne, fais-en une chanson ! J'ai accepté un travail bien payé, en pleine nature, nourri, logé. J'étais jeune, j'en voulais, je suis parti. Ceux qui m'ont engagé, des Tchétchènes, m'ont avancé un peu d'argent, mais ils m'ont pris mes papiers. Après un voyage de plusieurs jours, je suis arrivé dans la toundra où paissaient des milliers de moutons. « Voilà ton travail, voilà ta vie. » Une cabane, une source. Une multitude de frères, cousins et neveux de mon patron sont venus à tour de rôle me frapper à coups de botte, à coups de bâton, à coups de fouet. On me jetait du pain rassis, des déchets. Chaque soir, pour m'empêcher de m'échapper, on me mettait au cou un collier de fer attaché à une chaîne. Comme à un chien. J'ai vite compris. Ils voulaient me casser. Ils fabriquaient un esclave. J'ai vite accepté avant qu'ils ne me brisent. Cela a duré deux ans. Tu peux imaginer ? Dans notre siècle, en Union soviétique ? Je me suis évadé en 1981, après des mois de préparatifs. Nous étions nombreux en esclavage, surtout des Sibériens recrutés dans les gares, de pauvres mecs comme moi qui espéraient survivre. Dès que j'ai vu une route, un camion, ma décision a été prise : je m'engagerais dans l'armée. J'aurais un fusil, des balles. Je ne serais plus jamais l'esclave de personne. »

Sergueï avait reçu le sourire lumineux de Guéna. Depuis cette fameuse nuit, ils n'ont jamais plus reparlé du passé, mais, à chaque accalmie, Guéna lui demande s'il a écrit la chanson narrant son histoire, Sergueï s'excuse et dit que le temps lui a manqué. En cette journée d'attente, leurs regards se croisent à plusieurs reprises. Guéna se glisse un moment près de lui et, gourmand, lui annonce :

« C'est un gros coup. A mon avis, y en a pour quelques dizaines de milliers de roubles. »

Sergueï ne comprend pas. Guéna enchaîne :

« Tu sais bien que tout ce que fait notre chef bien-aimé doit rapporter. Sinon, on ne serait pas là. Surtout qu'il a sorti la grosse artillerie. »

Sergueï voit s'approcher une voiture blindée dans un nuage de sable jaune.

« A l'attaque, en avant ! »

Ce hurlement fait se dresser tous les hommes. Sergueï comme les autres se précipite vers les baraques de torchis. Devant ses yeux brouillés, d'anciennes images se superposent : le vieux avec sa mortelle poupée de chiffon, les copains déchiquetés, les sacs de plastique remplis de chair humaine et de cailloux mêlés. Il court maintenant en première ligne. Parvenu à bonne distance, il dégoupille une grenade et, d'un geste précis, la balance dans une fenêtre qui vole en éclats. L'explosion assourdie ébranle les murs et fait jaillir des panaches de poussière par toutes les ouvertures. Puis tout retombe, un grand silence s'installe. Sergueï, suivi des autres, fait irruption dans ce qui fut une maison : des meubles rudimentaires, sur le sol de terre battue quelques tapis usés qui ont pris la couleur du sable ; entassés contre un mur, de gros ballots de toile de jute éventrés laissent échapper une matière blanchâtre.

Les bras ballants, Sergueï s'est arrêté sur le seuil. Dans le coin le plus reculé gît un corps de femme allongée sur le ventre. Son sang coule par les plaies béantes dont son dos est couvert. Sous elle, ses enfants qu'elle a tenté de protéger : deux fillettes et un garçon. Tous trois sont affreusement mutilés. Seule une des petites bouge encore. Ses yeux immenses dévisagent Sergueï. Elle remue les lèvres dans un appel muet. Puis la vie se retire de son regard qui devient vitreux. Insensible aux vociférations désappointées de Svolodarski, aux bousculades des autres qui entrent et sortent en commentant l'inanité de leur mission, Sergueï est comme anéanti par cette vision.

Le « corps d'élite » râle sur ce butin ridicule : des balles de coton ! Le combat n'a été qu'un nettoyage de maisons vides de combattants. Certains avancent même que, si c'est pour zigouiller des bonnes femmes, c'était pas la peine de faire tant de manières. L'adjudant tire un coup de feu en l'air. Le silence se rétablit immédiatement. « Vos gueules, là-dedans ! C'est pas parce qu'on n'a pas trouvé ce qu'on m'avait promis que vous allez foutre le bordel. Mes sources parlaient d'un fort arrivage de cannabis des zones d'exploitation illégales. Ils ont vu les ballots arriver. On peut se tromper. C'était une fausse piste ! Y a pas de bobo, on va rentrer et se préparer pour la prochaine. D'accord, les gars ? Allez, on remballe ! » Et, sans un regard pour les morts, il se dirige vers sa voiture blindée.

Sergueï est resté seul. Il ne peut détacher ses yeux des corps disloqués de ses victimes. Il a tué des innocents. Il est à son tour devenu un assassin. Rien ne pourra jamais effacer ce crime de sa mémoire, il le sait. Il a franchi l'ultime étape dans le dégoût de soi-même. On a fait de lui un bourreau.

La fumée envahit peu à peu son champ de vision. Puis ce sont des flammes qui serpentent vers le coton, l'embrasent, formant un mur de feu qui avance et recouvre bientôt les cadavres de la femme et des enfants (avant de quitter le hameau, les soldats ont allumé l'incendie pour effacer toutes traces de leur méfait). Sergueï a reculé peu à peu devant le brasier. Il est

maintenant dehors, aveuglé par la lumière écla-
tante, assourdi par le vrombissement du feu.
Sa raison vacille. Il dit adieu à Vassilissa, adieu
à son père, aux Makarov, à tous ceux qu'il
aimait quand il était encore l'autre Sergueï, le
Sergueï d'autrefois...

Lentement il sort une grenade, la dégoupille
et se la cale contre la poitrine... Une main la
lui arrache et la fait voler au loin. Dans le
même temps qu'elle explose, Sergueï reçoit un
formidable coup de poing qui le projette à
terre. On le relève et on le frappe à nouveau
en plein visage. Au troisième coup, il est
complètement sonné. On le charge sur une
Jeep qui démarre en trombe et file vers la ville.

Réveillé par une vive douleur barrant son
visage tuméfié, Sergueï reprend conscience.
Assis à califourchon sur lui, Elem le Tadjik le
maintient fortement. Au volant, Guéna, dit
« Collier d'acier », vocifère :

« Espèce de crétin, couillon congénital, est-
ce qu'on se tue quand on a la chance de ne
pas avoir été descendu ? Est-ce qu'on se farcit
à la grenade quand on a été libre toute sa vie ?
Est-ce qu'on fait risquer leur peau aux copains
parce qu'on a des états d'âme ? Petit merdeux,
je vais te casser toutes les côtes à coups de

pied dès que ton nez sera ressoudé, pour t'apprendre à jouer au con ! »

Elem le Tadjik enchaîne :

« Dieu Tout-Puissant a eu pitié de toi. On s'est bien dit que tu faisais une drôle de tête, après le coup foiré. Mais on ne pensait pas que tu irais jusque-là. C'est Dieu qui t'a envoyé « Collier d'acier », le seul qui soit capable de faire ce qu'il a fait : piquer une grenade dégoupillée et l'envoyer promener hors de portée, tout ça en quatre secondes ! Dieu a donné sa force à cette main qui t'a sauvé. Et pour la raclée aussi. Tu verrais ton nez, il est parti au milieu de ta joue gauche. Forcément, il est gaucher, Guéna. Je vais te dire : tu devrais y croire, maintenant, au Tout-Puissant. Parce que ça, c'est irréfutable ! Regarde-moi, par exemple : je n'y croyais pas du tout, eh bien, maintenant, je sais qu'Il existe... On était en poste dans la montagne depuis plusieurs semaines, et figure-toi qu'un jour... »

Sergueï n'écoute plus. Sa tête douloureuse dodeline contre le métal froid de la Jeep. Tout cela lui paraît si absurde qu'il ne sait plus s'il doit rire ou pleurer. Le monde est fou. Fou comme ce pauvre illuminé qui rabâche sempiternellement son histoire de serpent. Fou comme Guéna qui amasse rageusement de l'argent pour se défaire de sa hantise de l'esclavage. Fou comme lui-même qui cherche dans la mort l'absolution de son crime.

Penché au-dessus de lui, l'adjudant Svolodarski examine le visage violacé de Sergueï.
Puis, hochant la tête d'un air dégoûté, il fait un
geste de la main qui signifie : « Qu'il aille au
diable ! », et s'éloigne. Autour du lit, les hommes
commentent à mi-voix : « Sûr qu'il est mal en
point ! », « Il en a pris plein la gueule ! », « Sa
mère va pas le reconnaître ! », « N'avait qu'à
pas s'y frotter ! », « Tu crois qu'y pourra encore
chanter ? »

Guéna les fait taire d'un regard. Tous ont un
peu peur de lui : il porte une petite fortune au
fond de son étui à pistolet, et son pistolet passé
dans sa ceinture, qu'il empoigne et braque plus
vite que le plus rapide des jeunes tireurs d'élite.
Quant à son crochet du gauche, il en a déjà
assommé plus d'un.

« Foutez-lui la paix, il a eu son compte !
Maintenant, il doit se reposer. »

Et, faisant signe à Elem le Tadjik d'en faire
autant, il approche du lit un pouf de cuir et s'y
installe pour veiller sur son ami.

Dehors, Lenka attend depuis un bon moment.
Elle est venue parler à Svolodarski de son
protégé. Après sa dernière entrevue avec Ser-

gueï, elle a acquis la certitude qu'il fallait l'aider à quitter l'Afghanistan. Ce sera peut-être ma dernière bonne action, pense-t-elle en lissant ses cheveux qu'elle a pris soin de décolorer avant de venir. Elle a mis une jolie blouse rose qui découvre le haut de ses seins, et un pantalon clair qui dissimule ses jambes fatiguées. Elle sait qu'elle ne déplaît pas à l'adjudant et qu'il a parlé d'elle de manière plutôt flatteuse après leur dernière rencontre. Le voyant s'approcher, elle lui adresse son sourire le plus charmeur. Il l'entraîne vers sa chambre, referme la porte, lui fait signe de se déshabiller, puis, soulevant une bouteille déjà entamée, verse l'alcool dans deux verres, lui en tend un, et, après avoir avalé le sien d'un trait, se cale dans un fauteuil et l'attire près de lui :

« Alors, Lenka, de quoi as-tu besoin ? Tu viens pas voir ton vieux briscard pour rien. Raconte ! »

Lenka, tout en le caressant, lui expose le motif de sa visite. Svolodarski éclate de rire.

« T'en pinces pour le petit chanteur ? Je te comprends, il est mignon. Remarque, tu le verrais maintenant, il te ferait plutôt peur, mais... »

Lenka s'est crispée, l'adjudant la rassure.

« Rien de grave. On lui a juste frotté les oreilles un peu trop fort. Mais, j'y pense, puisqu'il est convalescent, j'ai un boulot pour lui, t'as bien fait de m'en parler ! Vrai, ça me serait pas venu tout seul à l'esprit... »

Et, ravi par son idée, il donne une grande bourrade à Lenka et la fait valdinguer sur le lit :

« Au travail, ma belle ! »

Sur la piste d'envol, deux gros porteurs, leurs battants béant comme des mâchoires, avalent l'un après l'autre les cercueils de zinc. Les pilotes au garde-à-vous ont mis les hélices en croix en signe de deuil. Une vingtaine de soldats s'approchent en colonne et s'immobilisent au pied des « Tulipes noires » (ainsi nomme-t-on les avions qui rapatrient les dépouilles au pays). Les garçons, tout pimpants dans leur uniforme neuf, constituent l'escorte chargée de les accompagner jusqu'à leur lieu de sépulture. Ils ont eu droit à une longue harangue sur leur mission :

« Rentrer avec le corps d'un soldat tué ne signifie pas qu'on redevienne soi-même civil. On doit continuer à obéir aux ordres : pas de déclarations, pas de récits, pas de photos ! Tout ce qui n'a pas été très réglementaire, les sales boulots, le nombre même de cercueils, tout doit être passé sous silence, oublié. Pas de laisser-aller, y compris en famille. On ne parle que de pacification, d'éducation des populations, de partage des terres aux paysans. Pour le reste, vous êtes les soldats d'une belle armée, l'armée d'un grand pays, votre patrie, l'Union des républiques socialistes soviétiques ! »

Svolodarski a lui-même remis à Sergueï les papiers et effets personnels du gradé dont il doit accompagner la dépouille jusqu'au village de Soboliev-par-Medvenka, près de Koursk.

« C'est un honneur qui t'est fait. C'était un ami très cher. Il te faudra accompagner le cercueil jusqu'à Perm, en Oural. Là, tu recevras un ordre de mission et un camion pour continuer jusqu'à son village où sa famille t'attend. Salue-les de ma part. Mais, surtout, salue la mère patrie ! »

Dans l'avion, les yeux rougis, le visage encore tuméfié, Sergueï examine son vis-à-vis. Assis comme lui sur un cercueil, il serre dans ses gros doigts de paysan un ruban bleu ciel et pleure. A sa droite, un autre, hébété, murmure des mots inaudibles. Son compagnon de gauche lui prend la main et lui crie dans l'oreille :

« Ça y est, on a décollé ! On est enfin partis, on rentre à la maison ! »

Sergueï acquiesce en lui serrant très fort les doigts. Et, brusquement, tous ensemble, ils se mettent à hurler, se lèvent et, tapant des pieds à qui mieux mieux sur les cercueils de zinc, dansent en s'embrassant.

Le voyage de Sergueï Ivanovitch

Le monde s'abîme et la folie envahit nos
                                        [cerveaux.
C'est l'homme seul, l'homme sans Dieu qui
                          [a fomenté ce carnage.
Oiseaux en plein vol... fuyards en pleine
                                        [course...

Chapitre 7

Conseillés par Guéna, dit « Collier d'acier »,
les garçons de la chambrée avaient fébrilement
préparé le sac de Sergueï pour le voyage.
Quelques « trésors » étaient destinés à appâter
les douaniers. Nul ne savait ce que Sergueï
aurait à cacher, mais le goût du secret et
l'habitude du marché noir les incitaient à écha-
fauder toute une mise en scène. Sur le haut,
bien en vue, du café soluble, trois boîtes.
« Mets-en quatre, avait soufflé Elem le Tadjik.
A Perm, ils n'en ont pas vu depuis la Grande
Guerre ! Ils t'en laisseront une, ça fera plaisir à
quelqu'un de chez toi, au village. » L'un d'eux
avait disposé les boîtes brillantes à la tête du
lit. Puis ils apportèrent un lot de tissu broché,
façon orientale, d'un beau ton cuivré. « Ça, ils
aiment par-dessus tout », avait marmonné Guéna
avec une moue méprisante. Remarque, ils n'ont
pas tort : les femmes sont prêtes à tout pour en
avoir. Un garçon aux grosses joues mal rasées
déposa un coffret à maquillage sur lequel des

lettres latines dorées formaient un mot français. « Le plus important, c'est ce qui est écrit »,
dit-il en soulignant d'un ongle crasseux la
marque du parfumeur. Ça veut dire *Orlane*, il
y a le mot *or* là-dedans, tu comprends ? En
français, ça fait riche. »

Les gars pouffaient en l'entendant prononcer
ces mots bizarres. Ils étaient à la fête. L'un des
leurs rentrait au pays ! Et cet amoncellement
d'offrandes qui recouvrait à présent le lit augu-
rait bien de leur futur départ. Tous y avaient
apporté leur écot, comme le voulait la coutume
établie au long de cette guerre. Chaque libérable recevait ainsi son lot et la chaîne de
solidarité se perpétuait d'une classe à la suivante. Depuis huit ans que les enfants du grand
pays se faisaient tuer en terre afghane, ceux
qui en réchappaient recevaient en somme une
prime pour la chance qu'ils avaient eue. Ceux
qui restaient conjuraient le mauvais sort en
offrant ce qu'ils avaient de plus précieux, dans
l'espoir d'être encore en vie lors du départ de
leur propre contingent. Quant à la somptuosité
des cadeaux, elle révélait le genre de commando
et la nature des missions que dirigeait l'adjudant Svolodarski.

Sergueï était demeuré indifférent. Il avait
certes remercié chaque fois qu'un des jeunes
gars était venu déposer quelque objet sur son
lit, mais le cœur n'y était pas. Les claques ou
les bourrades de Guéna et d'Elem n'avaient pas

réussi à le dérider. C'est un visage grave, rendu plus triste encore par les traces de brûlures autour des yeux, les ecchymoses couvrant le nez et les joues, d'un dégradé de couleurs déteintes allant du bistre au brun violacé, qu'ils gardèrent en mémoire après que le camion acheminant Sergueï vers la piste d'envol eut disparu derrière les collines.

Devant les douaniers, sur la table de bois servant à trier les effets et objets personnels des soldats qui débarquent de l'appareil militaire, Sergueï étale le contenu de son sac. Le bandonéon de Petia en est extrait le premier. Après l'avoir ouvert et fermé à plusieurs reprises pour vérifier que rien n'est planqué à l'intérieur, le gros homme en tenue bleu marine esquisse une moue dubitative et le rejette sans ménagements vers la droite, côté où s'amoncellent déjà les affaires que la loi, décrète-t-il d'un ton sans réplique, interdit de faire pénétrer en territoire soviétique. Sergueï, à qui la leçon a été bien faite par Guéna, exhibe aussitôt les boîtes de café soluble, les tend d'une main, puis, de l'autre, rapproche l'instrument et hasarde un sourire :

« C'est mon vieux copain, laissez-le-moi ! Je ne bois jamais de café, prenez-le ; moi, ça m'empêche de dormir ! »

Le douanier sourit finement et fait passer le bandonéon du côté gauche. Sergueï soupire et, d'un geste qu'il espère naturel, sort de sa poche son mouchoir à gros carreaux, dont la couleur a disparu sous la crasse, et se mouche bruyamment tout en dégageant de l'autre main le coupon de tissu mordoré.

Cette manœuvre aussi a été conçue et mise au point par Guéna. Il était le seul à savoir que Sergueï possédait des « bons » et la bague destinée à Vassilissa qu'il tenait à tout prix à sauvegarder au moment du passage de la douane. La bague était nouée dans un coin du mouchoir qui avait été maculé par ses soins. Il avait expliqué à Sergueï qu'il était préférable de s'en servir devant le douanier et de conserver les « bons » au fond de sa poche. Mais il lui avait expliqué que le tissu devait apparaître au même moment, de manière à allumer une convoitise qui détournerait aussitôt l'attention du fonctionnaire.

Tout se déroule comme prévu. Le tissu passe à droite, avec la boîte à maquillage au graphisme doré, un long bâton de saucisse hongroise, des collants rose fluo et vert pomme qu'Elem le Tadjik lui a glissés au tout dernier moment bien qu'il les destinât à sa propre fiancée. Puis, d'un geste preste, sans même faire le détail, le douanier entasse les « trésors » offerts par les copains, les pousse résolument vers la droite et, claquant de la langue, suppute le prix qu'il pourra en tirer. Dans le sac de Sergueï ne restent plus que quelques effets fripés, des lettres ouvertes et lues par la police, qu'il est chargé d'expédier aux femmes, aux mères ou aux fiancées, le bandonéon de Petia, ainsi qu'une boîte de café soluble que le douanier lui a généreusement restituée, comme l'avait pronostiqué Elem le Tadjik.

Dans la bise glacée d'avril, l'équipage au garde-à-vous regarde défiler devant l'avion aux hélices en croix les cercueils portés par des soldats. Chaque cercueil est accompagné d'un jeune libérable. Sergueï suit d'un pas lent celui dont il a la charge.

Parvenu au bord de la piste, il se présente devant le camion qui lui a été assigné. Pendant que les soldats chargent le cercueil de zinc, un homme de haute taille s'approche de lui. Ses galons de capitaine, son allure dégagée, le ton de sa voix et surtout la cicatrice qui lui barre tout le visage, du front à la base du cou, le font reconnaître sur-le-champ par Sergueï. C'est le héros dont lui a parlé l'adjudant Svolodarski, celui qui doit lui dispenser toutes les instructions relatives au long périple qu'il va lui falloir accomplir pour ramener le corps au village de Soboliev-par-Medvenka, près de Koursk. Il a la réputation d'être l'homme qui a tué de sa main le plus d'ennemis à l'arme blanche. Svolodarski lui a même confié qu'il avait été rapatrié après sa blessure (un coup de faux asséné par un paysan afghan lors de l'extermination d'un village) : le commandement, le jugeant trop zélé, l'avait muté à Perm où arrivaient de nombreux convois en provenance d'Afghanistan.

Après avoir examiné les papiers remis par Svolodarski, le capitaine lève les yeux et scrute le visage de Sergueï.

« Où as-tu été grillé de la sorte ? »

D'une voix sourde, Sergueï raconte l'attaque en quelques mots brefs.

« Dommage ! » marmonne l'homme à la balafre en examinant les chairs dépigmentées du crâne et des paupières de Sergueï.

— C'est rien, mon commandant, ça doit repousser, à ce qu'il paraît !

— Ouais, ça repoussera ! Bon, voici ton ordre de mission, tes coupons pour l'essence et les repas. Tu dormiras dans le camion. On ne laisse pas un mort tout seul, des fois qu'il se fasse la belle ! » ajoute l'homme en éclatant d'un rire qui tire son visage d'un seul côté. Puis, redevenu sévère : « L'ordre de route stipule l'itinéraire dont tu ne dois pas dévier. Étudie-le et démarre au plus vite. Tu as six jours pour couvrir les deux mille kilomètres qui te séparent de la région de Koursk. Il te faudra y être mercredi prochain. Exécution ! »

Sans un regard, il tourne les talons et, d'un pas égal, traverse la piste recouverte de neige tassée.

Les moteurs des camions tournent, dégageant des nuages de vapeur blanche. Le fuel ayant gelé, certains ne parviennent pas à démarrer. Les soldats se couchent alors sous le pont arrière et, à l'aide d'un chalumeau, chauffent le réservoir pour fluidifier le carburant. Sergueï, transi, saute dans la cabine de son véhicule après y avoir lancé son sac à l'intérieur duquel le bandonéon de Petia, rescapé de la fouille, couine. Sergueï sourit, caresse dans sa poche la bague de Vassilissa, songe un bref instant avec émotion à Lenka, à « Collier d'acier », à Elem l'illuminé. Sa gorge se noue au souvenir de Vassia. Il met le contact. Le gros diesel tousse, crache, puis se met à ronronner. Sergueï passe la vitesse et, faisant rugir le moteur, quitte l'aéroport militaire.

Pour rejoindre la route qui mène à Kazan, sa première étape, Sergueï traverse la vieille ville. Dans les rues bordées de bâtiments de bois sombre déambulent des cohortes de militaires de tous grades. Ville interdite aux étrangers comme aux non-résidents, Perm, devenu un des centres du complexe militaro-industriel au cours des années 70-80, a renié ses traditions culturelles remontant à plusieurs siècles. Seule subsiste de l'ancienne cité cette architecture, rappel des forêts sans fin qui l'entourent, vestige d'un passé à jamais révolu.

Sergueï conduit en douceur. Il songe au corps emprisonné dans le lourd cercueil. Sa bouche se crispe au souvenir de tous ceux qui ne reposeront pas dans leur terre natale. Il veut croire que le mort qu'il accompagne a eu le temps de profiter de la vie. C'était un brave homme, peut-être. Il a laissé une veuve, des orphelins. « La famille t'attend », a insisté Svolodarski, l'adjudant aux yeux livides. Le camion tressaute sur la route qui longe la Kama. Bientôt se déploieront devant lui les rives légendaires de la Volga. Le soleil couchant s'écrase sur l'horizon — comme un énorme jaune d'œuf, se dit Sergueï qui, pour la première fois depuis de longs mois, éprouve une sensation de faim. Il revoit les beaux bras blancs de la mère Makarov pétrissant la pâte. Il sent très précisément l'odeur de l'oignon frit dans l'huile de tournesol et, soudain, une image s'impose à lui : autour de la grande table, leurs petites mains agrippées au rebord, le menton posé dessus, les sept filles Makarov et lui-même suivent d'un même regard le « roulage » des *koulitch*, ces longs gâteaux cylindriques confectionnés pour la Pâque orthodoxe. Fourrés de fruits confits, il faut, à peine sortis du four, leur imprimer quelques demi-tours sur une surface

plane recouverte de farine pour que les par-
celles sucrées multicolores ne s'agglutinent pas
au centre de la pâte encore molle. Les yeux
des petites brillent, leurs narines hument l'arôme
à nul autre pareil.

Faisant crisser les pneus, Serguëi gare son
camion sur le bas-côté. Affalé contre le volant,
il sanglote, appelant de sa voix usée chacune
de ses petites mères adoptives, et, dans un
regain de pleurs, il crie le nom de sa bien-
aimée. Il sait maintenant qu'il la reverra.
Quelques jours seulement le séparent du
moment si souvent rêvé au long de ces mois
d'horreur. Essuyant son visage avec le mouchoir préparé par « Collier d'acier », Serguëi
rit en sentant l'odeur d'huile de vidange dont
reste imprégné le carré de tissu. Noué à un
coin, l'anneau orné d'un brillant lui a griffé la
joue. Une bouffée de tendresse le fait rosir
comme au premier jour. Il revoit Lenka, bourrue mais si généreuse, initiatrice malgré elle,
salvatrice aussi. A quel prix ?

Remettant le camion en route, il se surprend
à énumérer les noms de chacun de ceux qu'il
a connus là-bas. La liste est longue. Mais, par
exemple, il ne retrouve plus tout à fait la
couleur des yeux de Vassia ; pourtant, il revoit
son visage lorsqu'il braillait à pleine gorge ses
chansons à boire, ou son air finaud quand,
lassé des reproches dont on l'abreuvait pour
ses trafics, il répondait d'un fatidique : « Si c'est

pas moi... » Mais ses yeux suppliants qui seuls vivaient encore dans la masse de chair crevassée qui avait jadis été un visage, Sergueï n'en revoit plus que l'intense souffrance. Peut-être avaient-ils déjà perdu leur couleur ? Oleg, lui, ne survit dans sa mémoire que comme une forme fragile étendue dans la poussière qui finit de retomber, légère... Du capitaine caucasien, ce sont le courage et la noblesse de son adieu qui le marquent encore. Bizarrement, l'image inhumaine ne lui revient qu'après. Tout son être en frémit alors d'horreur. Il lui faut toute sa volonté, tendue vers Vassilissa, pour surmonter son propre dégoût.

Mais qui est-il pour juger barbare l'attitude des guerriers montagnards, lui qui a anéanti sans gloire la vie de trois innocents ? Tout en surveillant machinalement la route, Sergueï scrute son reflet dans le rétroviseur. Il caresse son crâne où les cicatrices s'estompent sous les cheveux qui repoussent. Son visage est redevenu celui du jeune homme qu'il était. Seuls les plis amers creusés autour de ses yeux et de sa bouche n'ont pas disparu. Mais l'expression de mépris qu'il lit dans son propre regard est pire qu'une gifle en pleine figure. Il se demande si cette haine de soi s'émoussera avec le temps comme s'effacent déjà les marques sur sa peau. Aussitôt, une angoisse nouvelle lui étreint le cœur : comment dire tout cela, comment transmettre, expliquer, comment avouer à Vassilissa tout ce lot de souffrances, ces humiliations, la trahison de leurs serments d'amour ? Comment se présenter à elle sali, brisé, où retrouver la fraîcheur des sentiments qui les liait autrefois ? Que faire de tous ces fantômes qui encombrent sa mémoire ? Va-t-il pouvoir franchir l'abîme qui sépare désormais l'adolescente choyée, élevée dans la paix de son village, préservée de tout chagrin, de l'homme installé au volant de ce camion, en charge d'un défunt qu'il ne connaît même pas, qui traverse les plaines de Russie, bringueba-lant sur les mauvaises routes, et dont l'âme blessée ne trouvera jamais plus le repos ?

Son attention est soudain attirée par une charrette attelée à une vieille carne. Cela fait des heures qu'il n'a croisé que des véhicules déglingués et quelques rares piétons surgis d'on ne sait où. Sur la charrette, toute une famille endimanchée ; à l'arrière, jambes ballantes, un jeune joue de l'accordéon. Ils sont tous gais, c'est la fin d'une journée de fête. Sergueï ralentit, observe en les doublant les visages rougeauds, les foulards à fleurs des femmes, il entend les éclats de voix familiers. Une idée lui vient, qui a tôt fait de se transformer en quasi-certitude. Petia, son bon pingouin, son cher ivrogne, lui qui a lu toutes leurs lettres d'amour, lui qui a tant souffert, Petia est là-bas, auprès d'elle. Il aura su tout lui expliquer. Il aura raconté toutes les péripéties de cette lamentable aventure. Sergueï l'imagine au centre de la grand-pièce, entouré de tous, gravement écouté par Ivan Borissovitch et par les vieilles qui hochent la tête, essuyant furtivement une larme. Il voit Makarova s'activer près du fourneau, mais qui n'en perd pas une miette. Il sait avec quelle délicatesse bourrue elle va lui faire goûter ses délicieux *pirojki* et sa meilleure vodka, celle à l'ail et aux herbes. Il est sûr que les filles se disputent l'honneur de le servir, de lui allumer ses cigarettes, de le dorloter comme il ne l'a jamais été. Il ne doute pas que le soir, sur le banc devant l'isba, c'est avec Vassilissa que Petia parle longuement. Il lui dit l'amour que lui porte Sergueï, il lui avoue quelques péchés personnels afin de préparer la jeune fille aux aveux futurs que Sergueï ne pourra taire. Il évoque des amis disparus, ceux qui sont restés là-bas, Lenka peut-être ? Il sait trouver les mots qui sonnent vrai, expliquer toute cette misère, ce gâchis. Il est l'intercesseur idéal.

Rasséréné, Sergueï arrête son camion, sort de son sac un morceau de pain noir, un oignon, une tranche de lard, et se met à manger en regardant briller les premiers reflets de lune sur l'eau noire du fleuve.

A la pompe à essence-buvette, beaucoup de

poids lourds sont arrêtés. Sergueï mesure le scepticisme des autres chauffeurs lorsqu'il fait part du but de son voyage. Il ne viole en rien les ordres de discrétion, mais il n'est pas peu fier de dire qu'il transporte le corps d'un gradé tombé en terre étrangère. Les questions fusent :

« Dans quel pays ? »

« Il était en mission spéciale ? »

« Tu veux resquiller, p'tit malin ? A la queue, comme tout le monde, macchabée ou pas ! »

« Je croyais que c'était la pacification, pas la guerre ! »

« Quelle guerre, on a déclaré la guerre ? »

« A qui donc ? »

Un homme au visage épaté et coloré s'approche. Sergueï l'a remarqué lorsqu'il buvait son thé, appuyé au marchepied du camion. De forte carrure, tout en lui respire l'énergie tranquille. Comme Vassia, il porte une chemisette aux manches haut retroussées ; sur ses bras, deux tatouages bigarrés représentent d'un côté un dragon, de l'autre un trois-mâts. L'homme, une cinquantaine d'années à peine, prend Sergueï par l'épaule et, donnant de la voix, fait taire le groupe de chauffeurs.

« Au lieu de lui poser ces questions idiotes, vous feriez mieux de lui offrir à boire et à manger. Alors peut-être vous racontera-t-il ce qu'il a enduré. Vous ne voyez pas à quel point ce gosse en a bavé ? Moi, j'ai un fils qui est aussi *afghanetz*. C'est comme ça qu'ils s'appellent entre eux, ceux d'Afghanistan. Ce qu'ils ont vu, on ne peut qu'en cauchemarder la nuit, même quand on a trop courtisé la bouteille. Quand ils me l'ont renvoyé en permission, mon bel athlète (il était fort au saut à la perche), il n'avait plus que la peau sur les os. Il ne mangeait plus rien, ne dormait plus, il restait des heures dans son fauteuil, face au mur, à ricaner. J'ai même cru qu'il avait tourné la page. Et puis, à force, j'ai réussi à le faire parler. Après, il n'arrêtait plus. Comme une déferlante qui engrange la force de chaque vague qu'elle avale. A la fin, c'est une montagne ! Tout ce que je savais de la vie — et j'ai bourlingué, pas en suivant le ruban d'asphalte comme maintenant, non, sur tous les océans du monde : La Havane, Le Havre, Conakry, Shanghaï... — eh bien, c'était rien ! Son voyage l'avait amené beaucoup plus loin. Ça fait mal, quand votre propre gosse vous découvre ce genre de monde inconnu, vous raconte des souffrances que même les soldats de la Grande Guerre n'ont pas eu à subir. Tous leurs films débiles sur les héros, c'est de la merde de chien. C'est nos jeunes qu'ils ont envoyés en enfer, et ils y sont toujours ! »

Puis, se tournant vers Sergueï :

« Le mien s'appelle Vassili. Et toi, c'est comment ? »

Sergueï a depuis longtemps baissé la tête. Les paroles du chauffeur-marin l'ont replongé

dans ce passé récent qu'il tente en vain d'ap-
privoiser. C'est la première fois qu'il entend
quelqu'un d'extérieur évoquer cette guerre. Il
relève les yeux. Devant lui, les trognes graves
des chauffeurs témoignent de l'émotion qu'a
provoquée le monologue de leur confrère. Tous
attendent la réponse.

« Je m'appelle Sergueï Ivanovitch Astakov,
du village de Savitchev, entre Minsk et Mogilev.
J'ai eu de la veine. Plus que le type que je
ramène chez lui ! »

Puis, s'adressant à l'homme aux tatouages :

« Ma fiancée se nomme Vassilissa, elle m'attend. Tout le reste ressemble à un cauchemar.
Merci de l'avoir raconté ! Mais je pense qu'ils
ne peuvent pas comprendre. J'espère que votre
fils reviendra vivant. Maintenant, il faut que je
reparte. »

Et, d'un pas raide, il se dirige vers son
camion.

« Tu descend vers le sud ? lui crie l'homme
en le rejoignant. Je te fais un bout de conduite.
Ça sera plus gai, à deux. Je livre à Volgograd.
Jusqu'à Saratov, on fait route commune. Je
connais quelques cuisinières « maison » à deux
pas de la Nationale. Sur cet axe, si on n'a pas
repéré les bonnes adresses, on peut crever de
faim. Enfin, façon de parler. Sur la route, c'est
ça qu'est bien, on n'est jamais seul. C'est pas
comme sur la mer. Là, tu peux passer des mois
sans voir un bateau : que de l'eau, encore de

l'eau, toujours de l'eau. J'en ai eu marre. Et me voilà routier. Mais je parle, je parle, et toi tu t'impatientes. Tu as raison : le mort ne doit pas attendre, il a droit au dernier repos. Et toi, tu as ta fiancée qui t'attend. Moi, j'ai personne. Ma vieille est partie, elle en avait assez de rester seule. Et maintenant, mon fils unique est là-bas. Si loin, perdu dans les montagnes dont il me rebattait les oreilles pendant sa permission... »

Sergueï hoche la tête, il ne souhaite plus parler. La route est encore longue et l'homme semble être un bavard impénitent. Il lui lance :

« On se retrouve à la prochaine étape ! »

Et, sans attendre, il enclenche la marche arrière, se dégage de la file de camions et fonce sur la route qui serpente le long des méandres de la Volga.

« Volga, Volga notre Mère ! », dit la chanson. Sergueï se met à fredonner, admirant les berges en pente douce où les barques à fond plat viennent s'échouer près des chemins de halage. Dans le courant, leurs flancs remplis à ras bord, les péniches descendent paresseusement vers la Caspienne. De l'autre côté du fleuve, sur les rives abruptes, dans le brouillard vert tendre des premières pousses, les bulbes d'or des églises semblent monter la garde.

Sergueï chante maintenant à pleine voix. Il respire l'air frais de ce matin de printemps, tout lui paraît plus léger. Même son goût pour la poésie, qu'il croyait perdu, lui revient. Quelques strophes commencent à lui trotter dans la tête. Précédé de grands coups de klaxon, le semi-remorque du tatoué s'approche et roule à hauteur du camion militaire. L'homme lui hurle qu'il l'attend à la sortie d'Oulianovsk où il a une bonne amie qui pourra les régaler et les héberger. Sergueï acquiesce. Il sent que son compagnon de route a besoin de bavarder encore. « Le pauvre n'a personne qui puisse l'écouter et le comprendre, songe-t-il. Après tout, il faut bien que je m'arrête moi aussi quelque part ce soir. » Reprenant sa chanson, il calcule le nombre d'heures qui le séparent encore des retrouvailles avec celle qu'il aime. Son visage se détend. Dans le rétroviseur, ses yeux se font moins durs, il esquisse un sourire, murmure : « Vassilissa, ma nymphe... »

J'étendrai des prés pour les amoureux
Afin qu'ils chantent en rêve et dans la
[réalité :
Je respire donc j'aime,
J'aime donc je vis...

Chapitre 8

Pour atteindre la maison de bois qui sur-
plombe la Volga, il avait fallu que Sergueï et
son compagnon traversent une large boucle du
fleuve. Sergueï avait longuement hésité : abandonner quelque temps, fût-ce pour dîner, son
funèbre chargement lui semblait impossible.
On le lui avait d'ailleurs expressément interdit.
Mais les arguments de son nouvel ami avaient
achevé de le convaincre. D'autant qu'ils avaient
réussi à parquer leurs véhicules dans un enclos
surveillé par un vieillard, ravi de se faire
quelques roubles et de participer dans une
modeste mesure à une mission aussi solen-
nelle : veiller un mort tombé pour la patrie,
lui, vétéran de Stalingrad, s'en acquitterait mieux
que n'importe qui. Pour l'occasion, il était allé
enfiler sa vieille vareuse noire tout élimée sur
laquelle, telle une cuirasse, scintillaient des
brochettes de décorations. Assis bien droit sur
un pliant, il montait la garde, vibrant d'orgueil
et de contentement.

La femme qui les attend de l'autre côté du fleuve a belle allure. Ses cheveux bouclés s'échappent d'un foulard blanc qui fait ressortir son teint hâlé. Elle rit en serrant son ami dans ses bras et, lorsqu'elle aide Sergueï à prendre pied sur le ponton, il sent l'odeur de pain croustillant de sa peau cuivrée. Il ne peut réprimer un frisson. C'est l'odeur même de Vassilissa. L'envie d'entendre la voix de sa bien-aimée est devenue si pressante qu'il s'enquiert du téléphone avant même de dire poliment bonjour. Le Tatoué s'évertue à l'excuser en expliquant qu'il revient de *là-bas*. La femme se met à rire et le pousse vers la pièce centrale de l'isba. Dans le coin, sous les icônes, trône un combiné ultramoderne. (Sergueï avait déjà tenté à plusieurs reprises de téléphoner au village ; seule la mère du secrétaire du Parti du kolkhoze possédait un appareil, mais ou bien l'attente était trop longue, ou bien personne ne répondait.) En s'emparant du combiné, Sergueï se rend compte qu'aucun fil ne le relie au mur. La femme se reprend à rire en expliquant que c'est un très beau cadeau du Tatoué, mais qu'ici il n'y a ni téléphone ni électricité à des kilomètres à la ronde !

« La Mère, tes blagues ne sont pas drôles, grommelle le Tatoué en entrant dans la pièce. Tu ferais mieux de te dépêcher de nous faire honneur. Sinon, je me fâche ! Allez, Sergueï, assieds-toi, et raconte ! »

L'homme a tiré le banc sur la véranda, face au paysage. Il offre une cigarette à Sergueï, en prend une, craque une allumette. Ils tirent de longues bouffées, la fumée s'effiloche doucement dans la brise du soir. Un long silence s'installe. Seules se font entendre les roulades des merles. Au loin, une cloche tinte. Dans la cuisine, la femme fredonne.

« Ce qui est bien, avec elle, c'est qu'elle rit tout le temps. Vois-tu, mon petit, c'est rare chez les bonnes femmes. Elles sont plutôt acariâtres à cet âge. Je ne dis pas qu'elle est vieille, mais elle a déjà pas mal d'heures de route. Moi, ça me va. Elle demande rien d'autre que de pouvoir penser à moi, qu'elle dit. » Puis, après avoir écrasé sa cigarette, il ajoute : « Comme ça, moi aussi j'ai à qui penser. C'est mon petit secret. Je lui rapporte des babioles. Comme ce téléphone : c'est un mec évacué de la région de Tchernobyl qui me l'a vendu, là où ils ont eu un pépin avec leur centrale nucléaire. Encore une saloperie de cette saloperie de Parti ! Excuse-moi si t'en es ; moi, je les vomis ! Remarque, y en a peut-être de moins salauds. Ceux que j'ai eus pour supérieurs, c'étaient combines et compagnie. Et je parle pas des dirigeants de l'armée. Ceux-là, tous au poteau qu'y faudrait les mettre ! Quand je pense à ce qu'ils vous ont fait... Avoir envoyé nos meilleurs jeunes se faire dégommer là-bas, sans préparation, sans raison. Juste pour se payer une petite guéguerre ! »

Sergueï n'écoute plus le Tatoué qui continue à pérorer. Il se sent bien ; le tabac l'apaise ; de la cuisine monte le fumet de la viande cuite à l'étouffée dans des pots de terre ; la Volga semble s'embraser sous le soleil couchant. Il cale sa tête contre la poutre de bois qui embaume la résine et se voit déjà dans sa maison, assis sur le poêle, son lieu favori, regardant Vassilissa préparer le repas familial. Il est tout à la fois son enfant et son époux. Et il l'aime. Avec toute la force de l'amour qu'il n'a pu prodiguer à sa propre mère... Comme dans les rares moments de chagrin de son jeune âge, il se met à pleurer sans bruit. Les larmes lui font du bien, Vassilissa s'approche, lui tapote tendrement l'épaule, le console. Soudain, elle se met à le secouer et c'est la voix du Tatoué qui s'élève et vient briser son rêve :

« Tu m'écoutes ?... C'est comme leurs menteries à propos de la catastrophe de Tcheliabinsk, en 1957. J'avais vingt ans. Je venais de prendre mon service. S'il n'y avait pas eu à bord de mon cargo un gars originaire de ce coin de l'Oural, on n'en aurait jamais rien su... Une explosion terrible, une horreur ç'a été ! Une infection atomique pour l'humanité entière. Rien n'en a jamais été mentionné officiellement. Pour eux, si c'est pas publié dans la *Pravda*, ça n'existe pas. Les gens peuvent bien crever, ça leur fait ni chaud ni froid ! Tiens, à propos, il commence à faire frisquet. Rentrons. On a assez parlé. Je suis bien content. Pas toi ? »

Toujours sans mot dire, Sergueï se lève et va se mettre à table. Il voudrait être seul et poursuivre sa route. Cette fois, c'est décidé : dès l'aube, il quittera son ami trop bavard.

Le petit vieux, un peu engourdi, est toujours assis sur son pliant. Les deux camions, sagement alignés au milieu du champ, sont couverts d'une rosée qui scintille sous les premiers rayons du jour.

« Petit, tu vas venir boire un thé bien chaud. On ne part pas le ventre vide. Moi aussi, j'ai besoin de me restaurer un peu... »

Le vieux prend son pliant sous le bras et entraîne Sergueï vers sa maison. Assis à table, se réchauffant les mains autour du bol brûlant, le vieux raconte :

« Stalingrad a été la plus horrible des batailles. Combien de morts, de blessés, de disparus ! A la fin, c'était à l'arme blanche qu'on attaquait. Moi, j'en ai tué beaucoup et j'en suis fier. Il fallait sauver la mère patrie, on l'a fait. Des bataillons entiers étaient jetés dans la tourmente. On ne se ménageait pas. Sans nous, le monde aurait été différent. Et comment on nous a remerciés ? Des médailles, quelques colis pour les fêtes, de la musique. Du vent, quoi. Regarde comme je vis. Ce qu'on a fait, un animal ne l'aurait pas supporté. Voilà : ma vie s'achève, et rien n'a changé. C'est même pire qu'avant ! »

Sergueï a l'impression d'entendre parler son père. Amers, blessés, sans espoir, tels lui apparaissent ces hommes dont la propagande officielle faisait des héros positifs, des vainqueurs comblés, des parents heureux, des citoyens admirables ! Pour nous autres *afghanetz*, c'est pareil, pense-t-il, tout est faux, détourné. Même les morts !

« Bonne route, mon gars, que Dieu te garde ! » avait crié le grand-père en le saluant. Longtemps Sergueï avait vu la silhouette menue sur le bord de la route, sa dérisoire bimbeloterie de médailles agitée par les mouvements du bras.

La route traverse une épaisse forêt. Sur les bas-côtés, l'herbe luisante de pluie est couchée par les rafales. Les essuie-glaces du camion n'essuient pas grand-chose. On distingue à peine la chaussée sur quelques mètres. Depuis plusieurs heures, Sergueï, cramponné au volant, essaie de conserver une vitesse raisonnable. Après sa nuit passée chez l'amie du Tatoué, il a décidé de dormir dans le camion. C'est moins confortable, mais il a l'impression de ne pas perdre de temps. Le vieux lui a donné du pain et un petit pot de miel de ses ruches. Cela fait bientôt cinq jours que Sergueï est en chemin et il commence à ressentir la fatigue du voyage. Les quelques heures de sommeil qu'il a volées à la nuit écoulée ont été entrecoupées de brusques réveils : d'abord ce fut une chouette qui, posée sur le capot, à quelques centimètres de son visage, s'est mise à hululer. A peine s'est-il rassoupi que le camion s'est mis à tanguer : un élan de belle taille n'avait rien trouvé de mieux, pour se gratter l'échine, que le garde-boue saillant de la roue avant gauche. Sergueï s'était retourné, cherchant à nouveau le sommeil. Mais c'est le froid qui, désormais, l'empêchait de se rendormir. Après avoir grignoté un peu de pain trempé dans le miel, il était reparti, frissonnant et fourbu.

Il roule à présent vers la ville de Voronej, ultime étape avant Koursk d'où il bifurquera vers le village où l'attend la famille du défunt. Demain mercredi, il sera exact au rendez-vous. Ensuite, avec un peu de chance, en roulant vite, il pourra arriver chez lui dans la soirée, fût-ce à une heure tardive, et revoir enfin tous les siens.

Une explosion à l'avant du camion lui fait faire une embardée. Ballotté en tous sens, Sergueï a du mal à ne pas lâcher le volant. Les lambeaux du pneu éclaté frappent le fond métallique. Poursuivant sa course sur trois roues, le camion mord sur le bas-côté. L'herbe trempée est si glissante qu'il lui faut plusieurs secondes pour s'immobiliser enfin, coincé dans un fossé où se déverse la pluie torrentielle. Sergueï hurle des jurons. Il s'extirpe à grand-peine de la cabine par la portière ouverte sur le ciel et court voir ce qui s'est passé à l'arrière. Le cercueil a glissé dans un coin, mais sans dommages. Sergueï dégage le pneu de rechange. Heureusement, la roue où continuent à tourner, accrochés à la jante, les lambeaux de caoutchouc se trouve du côté dégagé. Après avoir peiné plus d'une heure sous l'averse il parvient enfin à visser le dernier boulon et remonte dans l'habitacle. Il met le contact. Le puissant moteur Diesel entraîne les roues, mais en vain. Le véhicule s'enfonce encore plus dans la boue. Impuissant, Sergueï tape du poing sur le volant. Il ne reste plus qu'à espérer le passage de quelque poids lourd pour demander du secours. En attendant, il se frictionne le corps avec une chemise sèche et change ses vêtements trempés. Puis, après s'être enveloppé dans une vieille bâche, il sort à nouveau pour fabriquer un signal qu'il place à bonne distance du véhicule accidenté : il arrache quelques branches, les entrecroise et va les poser au milieu de la chaussée. A une extrémité, il accroche la chemise à carreaux avec laquelle il s'est épongé. Puis il va se mettre à l'abri et, en attendant, grille une cigarette.

Il est déjà tard dans l'après-midi lorsqu'un autobus à la peinture tout écaillée s'arrête dans un bruit de ferraille. Le chauffeur, un garçon à la tignasse rousse, demande s'il n'y a rien de cassé. Sergueï le remercie de s'être arrêté puis, après l'avoir rassuré : « Pourriez-vous me tirer de là ? Je suis très pressé. » Et il lui en expose la raison. Le rouquin, prenant un air avantageux, s'adresse alors à ses passagers :

« Camarades, il s'agit d'une affaire d'État ! Le valeureux sous-lieutenant Sergueï Ivanovitch, chargé d'une mission de la plus haute importance, est dans le malheur. Il demande notre aide. »

Sergueï a beau tenter de lui dire qu'il n'est pas sous-lieutenant, qu'il ne s'agit que du transport d'un défunt, l'autre lui glisse :

« Laisse-moi faire, soldat ! Sinon, ils ne voudront pas perdre leur temps. »

De fait, les passagers, après avoir écouté d'un air renfrogné les premiers mots du chauffeur, se mettent à présent à parler tous en même temps. Les hommes donnent leur avis sur la meilleure façon d'agir. Les femmes, comprenant que cela va être long, commencent à fouiller dans leurs baluchons, en quête de provisions.

Quelqu'un a réussi à allumer un feu, malgré l'humidité. La pluie a fait place au brouillard. On a sorti quelques banquettes de l'autocar. Après avoir tombé la veste, les hommes s'activent, brisant des branchages qu'ils glissent sous les roues. D'autres sont partis à la recherche de pierres pour rendre le sol moins meuble. Les plus âgés se sont groupés autour du feu et commentent l'événement. Maintenant, tous savent qu'il s'agit d'une mission sacrée : ramener à son village le corps d'un héros. Ils ont pour un temps oublié leurs propres problèmes. L'urgence de la situation, la tournure dramatique de son équipée les soudent autour du petit soldat aux yeux tristes.

Sergueï n'a pu refuser le verre de *samogone* que lui a offert une des paysannes : elle le lui a versé d'un broc en fer blanc habituellement utilisé pour transporter le lait. Cette eau-de-vie trouble que les paysans fabriquent eux-mêmes est un véritable tord-boyaux. Mais elle donne du cœur au ventre, disent les hommes qui en profitent pour se cuiter, la conscience en paix. C'est pour la bonne cause, même s'ils sont encore loin d'avoir réussi à sortir le camion du ravin. Il a d'abord fallu le redresser. Pour ce faire, un sapin a été abattu, puis élagué à grand-peine. Ils ne disposaient que de la hachette enfouie par une des femmes au fond d'un panier qu'elle destinait à sa fille, jeune mariée manquant de tout. Et ils ont donc eu droit au récit du mariage avec un gars de la ville qui ne sait rien faire de ses dix doigts... Le tronc une fois dégagé, ils s'en sont servi comme d'un levier, et, en s'y mettant tous, ils ont réussi, après plusieurs vaines tentatives, à ébranler la lourde masse. Le chauffeur rouquin, improvisé chef de travaux, donnait les ordres et synchronisait les efforts. Après chaque essai, les hommes vidaient un gobelet, aussitôt rempli pour l'assaut suivant.

Grisé dès les premiers verres, Sergueï ne sent plus la fatigue. Maintenant, il est presque heureux de cet incident. Il a retrouvé la bonne humeur, la chaude promiscuité que donnent l'alcool partagé, le travail abattu en commun. Même le ciel s'en mêle : une lumière dorée filtre à présent à travers les futaies. Le pain noir et le lard ont depuis longtemps fait leur apparition. Quelqu'un sort du poisson séché. Ce pique-nique improvisé est d'autant plus apprécié que le *samogone* ne manquera pas. Il y en a une grosse bonbonne sur le toit du car ! Le propriétaire, hurlant : « Au diable l'avarice ! », l'attrape et la lance dans les bras accueillants d'un garçon déjà bien éméché qui en tombe sur le cul, sans lâcher pour autant la précieuse prise ! Toute la compagnie applaudit l'exploit, mais surtout la générosité de l'homme qui salue bien bas, à la russe — main droite qui part de l'épaule gauche et va toucher la terre devant soi. Comme souvent chez les gens de ce pays, toute occasion de faire la fête est la bienvenue. Surtout que nul ne se sent responsable. On peut se défouler sans avoir à rendre de comptes : l'autobus s'est arrêté en pleine nature, il a fallu secourir un pauvre militaire en difficulté, cela a pris du temps, voilà tout !

Le camion est enfin redressé. Mais il repose encore sur le bord du remblai. Sergueï met les gaz à fond et ne réussit qu'à le stabiliser en position horizontale. Pour le faire avancer jusqu'à l'asphalte, le rouquin propose de le pousser. Ayant placé le nez du car contre l'arrière du camion, il ne parvient qu'à le faire s'incliner de nouveau vers le fossé. Tous hurlent, vont et viennent, font de grands gestes. Visiblement, ce n'est pas la bonne solution. Alors l'homme à la bonbonne propose de se rendre au village le plus proche chercher de l'aide.

« Ils auront bien un tracteur pour te tirer de là. Ne buvez pas tout mon *samogone*, qu'il nous en reste au retour ! »

Et, montant dans l'autobus, il indique au rouquin la route à suivre. Il a remarqué un hameau à quelques kilomètres de là, sur la gauche. Après une manœuvre périlleuse, ils rebroussent chemin. Les hommes restés sur place, après avoir tant bien que mal calé le camion de Sergueï à l'aide de pierres, s'installent autour du feu et cherchent à raconter les aventures les plus cocasses qui leur soient arrivées. Sergueï s'est approché. Il avale une nouvelle rasade d'alcool et écoute, amusé, le récit d'un barbu au fort accent sibérien.

« J'ai un ami, au pays, spécialisé dans les transports de trépans et de sondes pour la prospection pétrolière. Ce sont des tiges particulières, très longues, très chères. Un jour, en plein dégel, il loupe un virage. Son précieux chargement glisse dans une mare de boue et s'y engloutit. Que croyez-vous qu'il fait ? Le thermomètre marque six degrés. Personne à l'horizon, pas moyen d'appeler, et la base attend les trépans. Il ne fait ni une ni deux, avale une bouteille de vodka, se met tout nu, et muni d'un câble en acier, s'enfonce dans la gadoue glacée. Par trois fois, il plonge à plus de deux mètres pour accrocher le mousqueton au bout de la sonde, puis il la tire au sec grâce à son palan. Il n'a même pas écopé d'un rhume ! La vodka, tout de même ! »

Et tous d'acquiescer en se resservant généreusement.

Sergueï prête l'oreille au chant de deux femmes assises un peu à l'écart. Elles ont les joues très rouges, les yeux embués. Elles se tiennent par l'épaule et, se balançant en rythme, modulent une complainte. Sergueï s'empare du bandonéon de Petia, revient auprès des femmes et, assis sur une souche, se met à les accompagner. Les notes lui semblent se libérer sous ses doigts. Il trouve les accords simples pour souligner la mélancolie de la mélodie. De sa voix sourde, il entonne la tierce. Un garçon s'est approché et, d'une voix forte, reprend le refrain. A présent, tous écoutent. Certains fredonnent. D'autres, se laissant aller à leur émotion, enlacent leur voisin et l'étreignent dans un élan fraternel. On dirait un groupe de nomades, heureux d'être là, en vie, d'avoir chaud. Dans leur corps, la douce euphorie de l'alcool a estompé les douleurs ; de leur tête a disparu toute trace de mesquinerie, de peur, d'envie. Ils se sentent libres, goûtant ensemble une trêve inespérée dans leur vie de grisaille.

Le klaxon du car les rappelle à la réalité. Le

rouquin en descend pour rameuter tout son monde.

« Hé, le soldat, on a fait ce qu'on a pu ! Maintenant, faut que je ramène mon chargement à bon port. On a prévenu, ils viendront te sortir de là. Nous, on ne peut rien de plus. Il fait déjà presque nuit. Allez, assez rigolé, on embarque ! »

Le charme est rompu. Tous se lèvent, ramassent leurs affaires, ramènent les banquettes à l'intérieur du car. Certains viennent saluer Sergueï et lui donnent qui un gâteau, qui un vieux plaid à fleurs grenat. Lorsque la paysanne veut lui laisser du *samogone*, Sergueï refuse, invoquant le trajet qu'il lui reste à couvrir. L'autobus s'ébranle, ses feux arrière s'estompent dans le lointain. Dégrisé, la tête lourde, Sergueï regarde flamber les dernières brindilles. Bientôt les braises noircissent et s'éteignent à leur tour. Enroulé dans la couverture fleurie, Sergueï s'installe aussi confortablement que possible à l'avant du camion. Son attente recommence.

Pour la première fois depuis le début du voyage, il se souvient de l'homme enfermé dans son cercueil de zinc. Il l'avait presque oublié ! Pourtant, c'est au nom de ces anonymes qu'il s'est indigné à la vue des sacs à

viande remplis de cailloux, des cercueils sur
lesquels on inscrivait n'importe quoi. C'est
pour les avoir défendus qu'il a été envoyé en
bataillon disciplinaire. Ce sont leurs noms dont
il a noté la litanie sans fin dans son carnet à
couverture de carton. Après l'exaltation, l'alcool laisse place à une lucidité désespérée. Les
fantômes familiers reviennent hanter ses pensées. Et puis cette femme, ces enfants, tous les
habitants de ce village qui attendent son arrivée
pour mener le deuil. Même cette tâche-là, il
n'a pas su l'accomplir. Les premières lueurs de
l'aube filtrent à travers les branches basses du
sous-bois. Sergueï se laisse glisser dans le sommeil comme on se noie.

Les grosses gouttes de pluie tambourinent
sur le toit métallique. Il fait si sombre que,
l'espace d'un instant, Sergueï croit qu'il a dormi
jusqu'au soir. Pourtant, sa montre marque seulement dix heures. Sortant du camion, la bâche
sur le dos, il fait quelques pas. La tête lui
tourne, la nausée le plie en deux. Jamais plus
de *samogone* ! se jure-t-il en tâtant sa nuque
endolorie. L'air chargé de senteurs végétales
lui fait du bien. Il s'asperge la tête et le cou,
plongeant ses mains dans le ruisseau qui coule
au fond du fossé. Relevant les yeux, il aperçoit
au bout de la route deux bœufs tout blancs aux

longues cornes écartées. Leurs flancs puissants ondoient au rythme lent de leur marche. Derrière eux, encapuchonné de vert, presque invisible sur fond de forêt, une sorte de lutin avance, une badine feuillue à la main. Une petite voix fluette sort de dessous le caoutchouc luisant de pluie.

Arrivé à la hauteur du camion, l'enfant sourit à Sergueï.

« Nous voici, on vient vous sortir de là. Chez nous, y a pas de tracteur, mais Mir et Sima sont bien plus costauds. On va les laisser boire un peu, car ça fait un bon moment qu'on est partis. Après, je les attelle à l'avant et hop ! »

Sergueï sourit à son tour. Il partage le reste du gâteau avec l'enfant cependant que les bœufs se désaltèrent à longs traits. Après les avoir arrimés au pare-chocs, l'enfant chatouille de sa badine l'énorme arrière-train des bêtes. Sergueï, au volant, voit se bander leur échine et, comme par enchantement, le camion, décollé de la boue visqueuse qui le retenait prisonnier, se retrouve au milieu de la chaussée sur ses quatre roues. Sergueï veut donner à l'enfant quelques « bons » pour le remercier. Mais, à son regard, il comprend qu'il ne sait même pas ce que c'est. Et, craignant de mettre sa famille dans l'embarras, il sort la seule chose qu'il lui reste à offrir : la boîte de café soluble, rescapée de la fouille douanière.

« Tiens, c'est pour ta maman. »

Ébloui par la beauté du présent, l'enfant tourne et retourne longuement entre ses doigts la boîte laquée où des lettres rouges et noires composent un dessin du meilleur effet. Puis il repart en chantonnant derrière ses bœufs qui ont repris tout seuls le chemin du village. Sergueï démarre et, attendri, regarde rapetisser dans le rétroviseur l'énorme masse des bœufs blancs suivie du petit bonhomme encapuchonné de vert.

Je contemple la grande contrée féerique
Et vois en elle une éternelle énigme,
Mon pays salé-amer, aigre et doux,
Source bleue pareille au pain de seigle.

Chapitre 9

Le hameau de Soboliev, près de Medvenka, ne figure pas sur la carte remise à Serguéï à l'aérodrome.

« Tu tomberas dessus au bout du chemin qui tourne à droite, après le pont, lui crie une fille boutonneuse à qui il a demandé sa route. Qu'est-ce que tu vas faire là-bas ? ajoute-t-elle. Viens plutôt jusqu'à notre village, nous avons quatorze feux, plus de quarante âmes et plein de filles à marier ! »

« Comme chez nous », songe Serguéï en se dirigeant vers la bifurcation. Bientôt l'asphalte disparaît et, lorsqu'il trouve enfin le pont, c'est un sentier herbu en son milieu qui s'ouvre à main droite parmi les fuseaux feuillus d'un bois de bouleaux. Les hautes graminées couchées par endroits signalent le passage d'autres véhicules, sans quoi Serguéï en viendrait à douter de la direction indiquée par la jeune paysanne. Au bout d'une quinzaine de minutes, il débouche enfin sur une allée bordée de maisons de bois aux façades peintes. L'impression de déjà-vu est si vive que Sergueï fait une fausse manœuvre ; son moteur cale. Le silence rétabli accentue la magie de l'instant. La similitude est si forte qu'une sorte d'angoisse l'étreint : est-il possible qu'à des milliers de kilomètres les uns des autres, des êtres construisent et décorent leurs maisons, plantent et soignent leurs arbres, peignent et ornent leurs palissades exactement de la même façon ? Sergueï pourrait presque égrener les noms des familles de son village et les répartir dans les isbas, en nombre suffisant pour les accueillir. Le puits est disposé au même endroit, les bancs devant les barrières placées de même manière, face au couchant. Pourtant, la réplique n'est pas vraiment fidèle : la vie semble avoir déserté ce décor. Sergueï descend de son camion, s'approche, pousse le portillon de la première maison. Il ne peut l'ouvrir à cause des mauvaises herbes qui ont envahi la courette. Dans la deuxième, le bois pourri du portillon cède ; il frappe à la porte mais, n'obtenant pas de réponse, passe à la suivante. Parvenu devant la dernière maison, au bout du village, il discerne enfin des signes de vie. Soulagé, il pénètre dans le jardinet et, s'apprêtant à y trouver la famille du défunt, il rajuste sa chemise, se lisse les cheveux, compose mentalement une phrase destinée à excuser son retard. Après avoir cogné légèrement, il considère les mégots, les bouteilles vides, les papiers gras qui jonchent le sol. « Ils ont dû en avoir assez de m'attendre », se dit-il. A nouveau l'envahit la honte de n'avoir pu accomplir à temps sa mission.

Mais personne n'ouvre la porte, le silence est total. Sergueï essaie de faire le tour de l'isba. Il lorgne à l'intérieur par les carreaux sales, mais ne peut rien distinguer. Comme la matinée est encore peu avancée, il se résout à attendre le retour des membres de la famille. Peut-être sont-ils allés chercher un pope ? Ou bien sont-ils partis à sa rencontre par un autre chemin ? Ou encore, ne le voyant pas arriver à la date convenue, se sont-ils rendus jusqu'au village voisin pour téléphoner et avoir des nouvelles ? Quelque chose pourtant le met mal à l'aise : il est là depuis de longues minutes et pas un chien n'a aboyé, pas un coq ne s'est égosillé ; seuls les oiseaux du ciel pépient allégrement comme si de rien n'était.

Après avoir patienté deux heures, Sergueï prend sa décision : il va retourner au village le plus proche, afin d'en avoir le cœur net. Indéniablement, la maison a été occupée il y a peu. Mais l'absence d'animaux domestiques indique néanmoins que le hameau est abandonné depuis longtemps.

Revenu au centre du bourg, il demande le

siège du Parti. On lui désigne un baraquement à deux étages qui ressemble davantage à un entrepôt qu'à un bâtiment officiel. En y pénétrant, Sergueï constate d'ailleurs que l'espace est en grande partie occupé par des sacs de céréales. La forte femme qui l'accueille a l'allure d'une paysanne, même si elle se présente comme la secrétaire de district du Parti. Sergueï est soulagé d'avoir affaire à elle. Il lui trouve le ton brusque de la mère Makarov et pressent qu'elle va l'aider à résoudre son problème. Après l'avoir invité à s'asseoir sur le bord d'une caisse, elle le rassure d'emblée sur l'énigme principale :

« Personne ne vit plus à Soboliev depuis cinq bonnes années. De temps à autre, quelqu'un revient au village en voiture ou en camionnette pour y récupérer quelques effets ou des meubles, mais c'est assez rare. Lorsque la dernière vieille a dû être hospitalisée en 1981, on a ramené son chien et sa vache... Il n'y a que les chats qui soient restés. Revenus à l'état sauvage, ils chassent les rats et les oiseaux. Il y a deux jours, un véhicule est bien passé par là-bas, mais il est reparti le soir même. Justement, on se demandait ce qu'il allait y faire. Et toi, mon garçon ? Montre-moi ton ordre de mission ! »

Sergueï aurait voulu lui expliquer les choses par le menu, mais le ton est sans réplique. Il sort du baraquement et s'en va quérir tous les éléments en sa possession : l'ordre de mission signé par le capitaine à la cicatrice, la carte sur laquelle ont été portés l'itinéraire et diverses indications, la grosse enveloppe cachetée que lui a remise Svolodarski, le paquet d'objets ayant appartenu au défunt.

Près du camion, la ribambelle de gosses qui ont déjà commencé à tirer sur la bâche et à regarder dessous s'enfuient en piaillant. La jeune fille boutonneuse est également là, ses yeux brillent, dilatés par la curiosité.

« Alors, vous avez préféré venir nous voir ? Vous avez bien raison ! Moi, j'habite la troisième maison, celle où il y a beaucoup de lilas. Il n'a pas encore fleuri, mais si vous saviez comme ça sent bon, les soirs de mai, vous resteriez ici, j'vous jure ! Et pourquoi vous êtes venu là, dites ? »

Sergueï lui sourit, mais ne répond pas.

Après avoir déplié l'ordre de mission, la femme hoche la tête et lève les yeux sur le garçon campé devant elle. Puis, elle relit le document de la première à la dernière ligne et tend la main :

« Donne l'enveloppe ! »

Sergueï va pour protester. Il balbutie :

« C'est à remettre à la famille. »

Mais, déjà, les doigts épais de la paysanne brisent le cachet. Son visage se durcit.

« Ton nom est bien Sergueï Ivanovitch Astakov, né en 1966 à Savitchev ? » interroge-t-elle d'une voix blanche.

Abasourdi, Sergueï répond :
« Oui, mais comment le... ? »

Il n'a pas le temps d'achever sa phrase. La femme s'est dressée, l'entraîne d'une main ferme vers la sortie.

« Allons voir mon père, c'est le seul militaire à qui je fasse confiance. »

Et, le poussant dans la cabine du camion, elle prend elle-même le volant et démarre en trombe.

Sur la véranda de bois, assis face au soleil, un vieil homme se chauffe, les yeux mi-clos. Au bruit du moteur, il sourit. Ce ne peut être que Toma, sa fille aînée, l'orgueil de sa vie. Il n'y a qu'elle, au village, pour faire hurler la mécanique de cette façon-là. Quand il la voit grimper les marches en traînant derrière elle un jeune militaire au visage contracté, son sourire s'éteint.

« Père, il y a un coup fourré ! »

Et, lui tendant les documents, elle propulse Sergueï devant le vieux.

Dans la tête du jeune homme règne une profonde confusion. Que lui reproche-t-on au juste ? Quel coup fourré ? Pourquoi cette précipitation ? Qu'a-t-il commis de si grave pour que le sang quitte les joues burinées du vieillard tandis que sa fille lui parle à voix basse ?

Sans mot dire, l'homme lui tend les deux feuillets dactylographiés. L'un, il le connaît : c'est son ordre de mission ; on peut y lire que le porteur convoie de Perm à Soboliev, près de Medvenka, par Koursk, le corps du lieutenant-colonel Petrov, tombé en Afghanistan. L'autre lui tombe presque des mains : c'est un acte de décès au nom de Sergueï Ivanovitch Astakov, né en 1966 à Savitchev !

De sa voix encore bien timbrée, le vieux militaire prononce comme une sentence :

« Il n'y a jamais eu de Petrov à Soboliev. Ma fille a bien fait de venir me demander conseil. On ne joue pas avec les morts. Surtout s'ils sont encore vivants, comme toi ! »

Sergueï tourne et retourne le formulaire de l'armée où son propre nom a été rajouté à la main et au bas duquel l'encre violette de la signature s'étale en grosses lettres maladroites : Svolodarski. Il y a là quelque chose qu'il ne comprend pas.

« J'accompagne ce cercueil depuis l'Afghanistan. J'ai ordre de le remettre aux parents qui l'attendent. Il y a eu erreur de nom, peut-être. Ceux qui ont préparé les papiers se sont trompés. Il faut absolument que je retrouve la famille qui attend son défunt. »

Le vieil homme lui coupe la parole :

« Petit, tu es trop crédule. Malgré tout ce que tu as vécu, tu ne connais rien à la vie. Écoute un vieux soldat. D'ailleurs, tu n'as pas le choix.

Tu t'es adressé au Parti et à l'Armée. Ma fille représente le Parti ; moi, l'Armée. Nous allons régler ça entre nous. »

Et, se levant pesamment, il s'approche du camion, fait signe à sa fille de prendre le volant, se tourne vers Sergueï pour qu'il l'aide à grimper à l'avant, et, lui ménageant une place, l'invite à monter auprès d'eux.

Le camion file vers le hameau. Coincé contre la portière, Sergueï s'accroche comme il peut. Toma conduit vite et avec brusquerie. Sur le chemin de terre, le cercueil tressaute et heurte lourdement les flancs du véhicule.

Parvenus devant la dernière maison, au bout de l'allée, tous trois descendent. La femme inspecte le sol, ramasse les mégots, les renifle, hume les bouteilles vides.

« Pas de doute, ils étaient encore là il y a peu. Ce sont ceux qu'on m'a signalés hier ; ils étaient deux. Ils fument des cigarettes étrangères, les plus chères. La vodka aussi est de la meilleure marque. »

Sergueï est ébahi par cette profusion d'indices. Ainsi, ce qu'il avait pris pour la réunion d'une famille endeuillée n'était qu'un rendez-vous manqué avec deux inconnus suspects.

« Repartons chez moi, lance le vieux. Nous allons tenir conseil avec mes amis. »

Autour de la table, quatre vétérans, Toma et Sergueï discutent des dispositions à prendre. En fait, il n'y en a qu'un qui monopolise la parole. Les autres l'écoutent tout en fumant :

« Vous connaissez la situation. Maintenant, il va falloir se décider. Ou bien nous transmettons l'affaire en haut lieu, à la ville ; dans ce cas, il faut que l'un de vous accompagne Sergueï et en réponde. Ou bien nous démêlons nous-même cette affaire et il me faut alors tout votre soutien. »

Les trois autres opinent du chef. Visiblement, cela fait longtemps qu'ils ont laissé le commandement du village au père de Toma.

« Bon, je vais vous dire ce qu'on va faire. J'ai ma petite idée là-dessus. Sergueï, tu vas t'installer dans un coin et me rédiger un rapport détaillé sur toute cette histoire, depuis ton départ pour l'Afghanistan jusqu'à aujourd'hui. N'oublie aucun détail, aucun nom. Toma, donne-lui du papier, un porte-plume et de l'encre, et reste à ses côtés pour lui venir en aide. Nous, on va s'occuper du reste. »

Et, adressant un signe entendu à sa fille, il sort de l'isba. Sergueï se laisse guider comme un gosse. Il a perdu ses dernières velléités d'indépendance. Docilement, il met noir sur blanc ce qu'a été ce voyage.

L'excitation des quatre vieux est à son comble. Après avoir garé le camion dans la cour, derrière l'isba, ils en ont relevé la bâche. Dans la pénombre, ils contemplent le cercueil de zinc, longue boîte incongrue posée de travers sur le plancher vide. L'un des vétérans se signe furtivement. Un autre demande d'une voix chevrotante si tout cela est bien réglementaire. Le père de Toma élude la question d'un geste bref et donne l'ordre au troisième, resté silencieux, d'aller chercher des outils dans l'appentis.

« Prends aussi une lanterne, qu'on y voie quelque chose ! » chuchote-t-il d'un ton de conspirateur.

La force ne manque pas au vieux soldat, mais le couvercle métallique du cercueil est solidement fixé.

« A toi, maintenant », dit-il en tendant l'outil à l'un de ses compagnons. Mais l'autre n'en mène pas large. Ses mains tremblent, il ne parvient même pas à glisser la lame dans la rainure. Le troisième se met à l'ouvrage et annonce bientôt qu'il a retiré toutes les vis.

« A toi l'honneur ! » dit-il en s'écartant prudemment.

D'un geste décidé, le père de Toma ouvre le couvercle. Après avoir humé l'air, il déclare triomphalement :

« C'est bien ce que je pensais. Pas de cadavre. On va voir ce qu'on va voir ! »

S'attaquant au couvercle de bois du second

cercueil avec un levier improvisé, il arrache quelques planches et fait apparaître de la toile de jute de couleur brune. Bientôt, chacun d'eux tient dans ses bras un paquet oblong qu'ils ont vite fait d'identifier. Ils en ont assez longtemps porté pendant la guerre pour reconnaître d'emblée la forme d'un fusil-mitrailleur... Mais ils demeurent figés. Sous les armes, bien rangés, des sacs de plastique contenant une poudre semblable à de la farine tapissent le fond du cercueil.

« Les fusils, je m'y attendais, marmonne le vieux soldat. Mais qu'est-ce que c'est que ça ? »

Toma, appelée en renfort, reste muette. Elle aussi pensait à un simple trafic d'armes. On leur en avait souvent parlé au cours des réunions du Parti, en ville. Fusils et munitions étaient payés au prix fort par les gangs caucasiens, ouzbeks, ou par les bandits de tout poil qui sévissent de plus en plus nombreux sur le territoire de la Patrie. Mais cette chose-là lui fait peur, elle n'ose prononcer le mot qui lui vient à l'esprit. Elle court vers la maison, agrippe Sergueï par le bras, l'entraîne vers l'arrière du camion, le pousse à l'intérieur, lui montre ce qui vient d'être découvert par les vieux.

« Le voilà, ton mort ! Qu'est-ce que tu en dis ? »

Le sang s'est soudain retiré de la tête de

Sergueï. Il est pris de vertige. Toma le soutient. Il finit par articuler, la bouche sèche :

« Héroïne ! »

Les vieux s'entre-regardent, perplexes.

« Quelle héroïne, mon petit ? Parle ! Raconte-nous. Nous savons que la guerre est semée d'embûches. Tu as rencontré une femme qui t'a forcé à commettre cette bêtise ? Tu l'as prise pour une patriote, pour une brave ? Elle t'a dit que ces fusils étaient pour la bonne cause ? »

Toma l'interrompt brutalement.

« Père, tu n'y es pas ! Le petit n'est pas victime d'une femme fatale. C'est beaucoup plus grave que nous ne l'imaginions. Je vais devoir aller au Comité central, en ville, avec lui. Il faut faire vite ! »

Les quatre vétérans, dépités, serrent les fusils, leur prise de guerre, dans leurs bras. Mais Toma n'a plus de temps à perdre.

« Replacez tout dans le cercueil, refermez le couvercle. Et allez nous préparer quelques provisions pour la route. On part sur-le-champ ! Et toi, mon garçon, emporte ton rapport, nous en aurons bien besoin ! »

Sergueï parle d'une voix monocorde :

« Il m'a envoyé à la mort, puis il m'a chargé de mort, pour semer la mort. Je n'aimais pas cet homme. Maintenant, je le hais. Il faisait porter à Vassia son barda de détrousseur de cadavres. Il nous a fait creuser l'abri grâce auquel lui seul a pu rester indemne. C'est lui qui nous a poussés à voler, à brûler, à exterminer. Sans lui, je ne serais peut-être pas un assassin d'enfants. Il faut venger toutes ces victimes, il faut faire payer ses crimes à ce salaud, il faut l'éliminer ! »

Toma fixe la route. De sa main calleuse, elle essuie les larmes qui coulent de part et d'autre de son nez. Depuis qu'ils sont partis, la litanie n'a point cessé ; elle a découvert les affres et la souffrance de ce garçon qui pourrait être son fils. Elle le considère avec compassion. Son visage exsangue, ses yeux cernés de bistre, son expression de dégoût le font soudain paraître très vieux.

« Comment a-t-on pu en arriver là ? se demande-t-elle. Dans ce pays où la plus haute morale est inculquée dès le jardin d'enfants, où les organisations de jeunesse forment les futurs citoyens à se montrer avant tout honnêtes, altruistes et courageux, comment a-t-on pu aboutir à ce résultat : un être sain et encore innocent, presque un enfant, brisé ? »

Toma, qui toute sa vie a souffert de ne pas avoir de fils, se dit maintenant que ç'aurait sans doute été un malheur plus grand encore d'en avoir eu un qui, comme Sergueï, serait parti à la guerre et en serait revenu dans cet état.

Elle pleure sur l'enfant qu'elle n'a pas eu,

sur le désastre vers lequel court son pays, sur la ruine de ses idéaux politiques, sur la douleur de son jeune compagnon. Puis la colère monte en elle quand elle essaie d'imaginer les rouages de la machination. Bien des choses lui restent encore obscures. Malgré son âge, son expérience, elle sent bien que cette succession d'événements tragiques doit conduire à un dénouement qu'elle ne peut pas même se représenter. Elle se souvient d'ailleurs que, dès le premier jour, son père s'était montré furieusement opposé à cette guerre. Lui, si fier de ses faits d'armes des années quarante, maudissait le haut-commandement qui avait pris cette décision, criminelle à ses yeux : « Nous n'avons rien à foutre là-bas ! s'écriait-il. C'est tout juste bon à nous bousiller toute une classe d'âge ! »

« Comme il avait raison ! » lâche Toma à voix haute.

Sergueï, qui émerge de son accablement, interroge avec hargne :

« Qui donc avait raison ?

— Mon père. Il a été l'un des seuls dans l'armée à protester contre l'envoi de troupes en Afghanistan. Mais, malgré son haut grade, sa voix n'a pas été entendue. "Trop vieux", ainsi qu'il l'a lui-même rapporté en rentrant à la maison. Et, de fait, il avait terriblement vieilli, ce jour-là.

— C'est ceux-là qu'on va voir ? Ceux qui n'ont pas écouté votre père ? Ceux qui ont pourri ma génération ? Que vont-ils me faire ? Vous croyez que je n'ai pas déjà assez payé ? Je refuse d'aller mettre ma tête sur le billot ! Je ne veux plus être une victime ! »

Sergueï laisse déborder une rage qui bouillonne en lui depuis la découverte fatidique. Il pressent l'engrenage dans lequel il va retomber, à peine sorti du piège tendu par Svolodarski et ses complices. Il ne peut sans frissonner revoir le visage couturé du capitaine ni réentendre sa voix, sur l'aérodrome, lui demander : « Où as-tu été grillé de la sorte ? », avant de s'exclamer, sitôt son récit terminé : « Dommage ! »

Ce mot prend aujourd'hui toute sa signification.

« Il n'a même pas eu pitié d'un frère d'armes ! lance Sergueï en crachant par terre. Ils sont tous devenus fous ! Je ne veux plus voir une seule de ces ordures ! »

Toma sait que l'indignation de Sergueï ne tardera pas à retomber. Elle aimerait se montrer patiente avec lui, mais, si elle ne le brusque pas, le pire peut advenir. Or il faut arrêter ces bandits et le témoignage du garçon est indispensable.

« Mon petit, l'honneur d'un homme consiste à affronter ses ennemis, si effrayants soient-ils. N'oublie pas tous ceux qui sont restés là-bas, sous leur coupe. Songe aux milliers d'êtres qu'ils vont continuer à contaminer, s'ils demeu-

rent en liberté. Tu as eu la chance d'en réchapper. Mais, sans toi, ils ne seront jamais punis.
Tu es le témoin vivant de leurs crimes. Tu dois
aider la justice. Pour démanteler cette filière,
il est nécessaire que tu apportes toutes les
preuves dont tu es le seul à disposer. Je te
promets qu'on te laissera repartir sous peu. J'y
veillerai, car tu as le droit de rentrer chez toi.
Ta fiancée t'attend. Pour elle aussi, il te faut te
conduire en brave. Les femmes n'aiment pas la
couardise. Ne pas te présenter aux autorités
constituerait une tragique erreur. Une déser-
tion, en quelque sorte. »

Toma ne sait plus trop quoi ajouter. Elle épie
son voisin du coin de l'œil. Le visage fermé,
Sergueï demeure silencieux. Elle enchaîne :

« Tu as songé un moment à t'enfuir, hein ?
Tu t'es dit que ces hommes qui vont t'entendre
sont aussi coupables que ceux qui t'ont envoyé
ici avec ce chargement ? Tu les mets tous dans
le même sac, n'est-ce pas ? Eh bien, tu as
raison ! Moi aussi, je les méprise, si tu veux
savoir, et ça ne date pas d'aujourd'hui ! C'est
par la faute de tous ces vendus que ce pays
prend eau de toutes parts. Quand j'avais vingt-
cinq ans, au début des années soixante, on a
cru à un renouveau. On savait bien que, de la
théorie à la pratique, il y a un monde. Mais,
après les années rouges de Staline, les gens se
mettaient à nouveau à espérer. On se disait que
l'avenir existait vraiment, pas comme dans les

journaux ou dans les films. Que ce n'était pas seulement un mot de propagande. On a même pu lire des livres imprimés pour de bon, avec une couverture cartonnée. Pas recopiés à la main dans des cahiers d'écolier qu'on pouvait à peine déchiffrer... Tu ne peux pas savoir comme nous avons cru être heureux, l'espace de quelques mois... Sur cinquante ans, ça n'est pas beaucoup, vrai. Mais peut-être que l'humanité évolue justement ainsi : un demi-siècle de malheur, six mois de bonheur...

Pour mon père, par exemple, le bonheur était d'être le libre descendant d'un serf. Son propre père avait été le premier du village à s'établir à son propre compte, sans maître. Et pourtant, il l'aimait cet homme qui lui avait donné son bout de terre à cultiver, qui lui avait appris à lire, à compter, et surtout à être responsable — de sa famille, de sa terre, de la parole donnée. Ce *baryn*, le maître de mon grand-père, était quelqu'un de saisissant. Je tiens cette histoire de mon père. Un jour, se sentant faiblir, il alla consulter un médecin célèbre. "Je bois peut-être un peu trop pour mon âge, ne croyez-vous pas ? — Racontez-moi cela... — Eh bien, je me lève au chant du coq, la servante m'apporte un plat de gruau de sarrasin et un grand verre de vodka. A six heures, je reçois les doléances de mes paysans, nous prenons une collation et un grand verre de vodka. Vers dix heures, après avoir visité

l'école construite sur mes terres, mes fils viennent se restaurer avec moi, et nous buvons un
grand verre de vodka. A quatorze heures, c'est
le déjeuner arrosé de deux grands verres de
vodka. Vers dix-huit heures, je fais le tour de la
propriété à cheval, je m'arrête une ou deux fois
chez les métayers pour prendre un grand verre
de vodka avec eux. A vingt et une heures, c'est
le souper. Je ne bois jamais de champagne !
Juste deux ou trois petits verres de vodka.
Après je me couche. La servante m'apporte une
brique chaude et un dernier verre de vodka...
— Donc, cela fait à peu près combien par
jour ? demande le spécialiste. — Si on compte
deux cents grammes par grand verre et cinquante pour les petits, cela donne mille sept
cent cinquante grammes, soit un litre trois
quarts, si je ne me trompe, dit le vieux gentil-
homme. — Chaque jour ? — Oui, depuis mes
seize ans, et j'en ai bientôt quatre-vingts. C'est
la raison de ma visite : ne faudrait-il pas éliminer les petits verres du souper, par exemple ?
— N'en faites rien, cher ami. Surtout, laissez
tout en l'état", répond le bon docteur. Et c'est
ainsi qu'il a continué à vivre : il est mort en
tombant de cheval à quatre-vingt-sept ans
passés », dit Toma avec un soupir d'attendris-
sement. Vois-tu, mon grand-père, mon propre
père et moi-même, nous avons appris à lire et
à écrire dans cette école qui fut jadis créée par
le vieux *baryn*. Elle fonctionne toujours. Hélas,

on n'y apprend plus la même chose. Le mensonge est institué en loi, l'hypocrisie règne. Moi-même, j'ai accepté cette comédie. J'ai encore envie de participer. Malgré tout, je ne perds pas espoir. C'est pour ça que je reste à mon poste. C'est pour ça aussi que je te demande de ne pas refuser de témoigner. On doit leur faire rendre gorge, les empêcher de nuire ! »

Sergueï a écouté la longue tirade sans changer d'expression. Au bout d'un silence, il murmure simplement :

« Merci de m'avoir parlé comme vous l'avez fait. J'allais oublier le plus important : l'estime qu'on doit avoir pour soi-même. Ces monstres me l'ont presque fait perdre. En refusant de déposer contre eux, j'aurais trahi les miens, tous ceux qui me sont chers. »

A grands coups de klaxon, Toma se fraie un passage dans les faubourgs de la ville. Bientôt le camion s'arrête devant l'imposant édifice du tribunal.

Nous mènerons par le bout du nez la mort
[trop confiante
Elle a traîné en chemin, oublié de brandir
[sa faux.
Nul ne nous a rattrapés, les balles
[cafouillent.
Nous laverons-nous enfin de rosée et non
[de sang ?

Chapitre 10

Blême de peur, Svolodarski attend la sentence. A ses côtés, le capitaine balafré ne laisse paraître aucune émotion. Plusieurs autres s'entassent dans le box, mais Serguéï ne connaît que ces deux-là. Depuis le début du procès, il attend ce moment avec des sentiments mêlés. Il a ardemment souhaité la punition des coupables, en particulier de ceux qui l'ont envoyé accomplir ce drôle de voyage, mais, à présent que l'issue est prévisible, il a presque pitié d'eux.

Il n'avait pas fallu longtemps aux forces locales pour arrêter la bande. Reçu en compagnie de Toma dans le bureau du plus haut gradé de la ville, Serguéï avait pu raconter tout ce qu'il avait vécu. Le visage de l'homme qui l'écoutait changeait de couleur au fil du récit. Il ponctuait chaque détail par un « Pas possible ! » de plus en plus aigu. La description des fusils enveloppés de papier huilé et cousus dans de la toile de jute l'avait particulièrement frappé. Il avait prolongé d'un sonore : « Bandits ! » sa petite exclamation habituelle. Mais ses traits s'étaient soudain durcis et ses yeux arrondis par l'ébahissement s'étaient portés alternativement sur Toma et Sergueï lorsque ce dernier avait évoqué les sachets couchés au fond du cercueil. Toma confirma qu'elle les avait vus de ses propres yeux.

« Bordel de Dieu ! » murmura l'homme. Puis, s'excusant auprès de Toma, il poursuivit : « C'est si épouvantable que je ne parviens pas à le croire. Se peut-il que des soldats de l'Armée soviétique se soient abaissés à ce point ? Trafiquer de la drogue en profitant du rapatriement des morts, c'est abject ! »

Sergueï lui répondit d'un ton las :

« Si vous saviez ce qui se passe là-bas, vous seriez moins étonné. On sent à votre indignation que vous n'avez jamais mis les pieds en Afghanistan ! »

Le militaire, piqué au vif, le coupa :

« J'ai été au front jusqu'à Berlin, mon petit bonhomme ! J'ai fait toute la guerre. Je n'avais pas seize ans quand je me suis engagé ! »

Toma intervint :

« Il ne s'agit pas de la même guerre. Vous défendiez alors votre pays. Cette guerre-ci est une sale guerre qui détruit notre jeunesse dans un but inavouable... »

Le militaire abrégea l'audition :

« De toute façon, cette affaire ne peut dépendre de notre juridiction. Il va falloir s'adresser au Centre. Restez à notre disposition. Vous logerez à la caserne. »

Toma avait eu beaucoup de mal à apaiser les inquiétudes de Sergueï. Elle lui avait promis de ne pas l'abandonner et de faire tout son possible pour accélérer le déroulement de l'enquête. En fait, Sergueï ne demeura que trois jours dans l'énorme bâtisse qui hébergeait quelques centaines de soldats. Il écrivit de longues lettres à Vassilissa, à son père, à Petia aussi, mais sans rien raconter de ce qui lui était arrivé. Il préférait leur faire ces révélations de vive voix.

Bénéficiant du respect craintif des jeunes recrues, il put enfin dormir tout son saoul et profita de ce calme forcé pour récapituler tous les détails susceptibles d'étayer l'accusation. Au demeurant, la machination paraissait fort simple. Sergueï frémissait en songeant au nombre de pauvres bougres qui, comme lui, étaient rentrés au pays, trop heureux de quitter l'enfer des montagnes violettes, et dont aucun n'avait eu sa chance. Il avait fallu ce malencontreux dérapage dans le fossé gorgé d'eau, cette nuit perdue à boire et à chanter au bord de la route pour que ne s'accomplisse pas son destin tragique.

Toma lui rendait visite chaque jour. Il éprouvait une réelle sympathie pour cette femme brusque, à la franchise inattendue. Militante, son langage était pourtant parfaitement clair, exempt des scories habituelles aux discours des membres haut placés de la hiérarchie du Parti. Il retrouvait en elle le ton de son propre père lorsque celui-ci discutait jadis avec des vieux du village, à la maison. C'est ainsi qu'il faut dire les choses, pensait-il. On ne parle plus comme ça, maintenant. C'est parce que Toma n'a peur de rien ni de personne qu'elle est si franche. Paysanne comme ses parents à lui, elle est à même de tenir tête aux cheffaillons des villes quand ils viennent lui chercher noise. Car ce sont eux qui ont besoin de son expérience de la campagne, de son instinct de terrienne. Sergueï le savait : Vassilissa, solide et pure, saurait se montrer aussi combative pour sauvegarder son foyer.

Au soir du troisième jour, Toma revint à la caserne lui annoncer l'arrestation des malfaiteurs ; le procès aurait lieu à huis clos devant la cour martiale.

« Comment vous est venue l'idée de ce trafic ? » interroge le juge.

Svolodarski se tourne vers Petrov, le capitaine balafré.

— C'est lui qui a tout combiné. Moi, je me tenais tranquille, je faisais mon devoir. J'ai même organisé des équipes de volontaires pour traquer les terroristes.

— Personne ne vous en avait donné l'ordre, remarque le procureur.

« C'est bien ça qui manquait, l'ordre ! Alors, en bon patriote, j'ai décidé de créer des commandos, justement pour remettre de l'ordre dans tout ce bordel ! Si vous voyez ce que je veux dire...

— Surveillez votre langage, Svolodarski, grommelle le juge. Continuez...

— Le capitaine Petrov était connu pour ses faits d'armes. Il en avait tué des dizaines, là-bas. C'était une sorte de héros pour nous, les *afghanetz*. Parce que si on ne tuait pas, on était tué. Plus on en égorgeait, de cette vermine, plus on était fier ! Quand il s'est intéressé à notre commando spécial, j'en ai été plutôt flatté. Mes hommes en ont pris de la graine : pensez, un capitaine de cette réputation, et qui vient nous instruire sur le tas ! On le voyait faire comme au cinéma : sans un bruit, pareil à un tigre, il s'approchait de sa victime, et crac ! le cou était brisé, la gorge ouverte comme une pastèque trop mûre, ou bien le poignard planté sous l'omoplate avait piqué le cœur. Et l'autre s'effondrait sans un cri. Rien ne transparaissait sur le visage du capitaine. Seules ses cicatrices violacées viraient au rouge vif. C'était à la fois effrayant et magnifique ! Les gosses étaient médusés. C'était à qui se porterait volontaire pour l'accompagner. Quand il a appris qu'il allait être muté par le commandement, sa rage a décuplé. C'est alors qu'il a dû imaginer sa combine. Mais c'était bien avant qu'on ne se connaisse. Car il avait réussi, grâce à ses appuis, à faire différer sa mutation de plusieurs mois. Il avait eu le temps d'organiser tout ce réseau. C'est à cette époque que j'en ai pris pour six mois de disciplinaire. A cause de simples broutilles, mon général : un peu de coulage, un peu de marché noir — vous savez ce que c'est... Là-haut, dans le Nangarhar, j'en ai sacrément bavé ! Comme tous j'ai sué sang et eau, j'ai traîné des dizaines de kilos de matériel, j'ai creusé, construit sans économiser mes forces, je vous jure ! »

Outré, Sergueï s'exclame que ce ne sont là que mensonges, que l'adjudant est entièrement responsable. D'un geste, le juge le fait taire. Svolodarski reprend d'un air assuré :

« C'est là-haut que je l'ai connu, ce petit traître. Je lui ai même sauvé la peau plus d'une fois. Et c'est comme ça qu'il me remercie ! Il était avec ses compères, les Biélorusses, les "hommes des bois", comme on les appelait, en train de crever de faim et de soif. Je leur ai rendu figure humaine. Grâce à moi, ils se sont refait une santé. Au sortir d'un dur combat où j'avais perdu plusieurs hommes, j'ai eu pitié de cet avorton. Je l'ai adopté en quelque sorte, pris sous mon aile, dans la famille du commando. Tous ces gosses, je m'en occupais comme de mes fils. Et c'est lui que j'ai choisi pour cette mission sacrée. C'est pas ma faute si, au bout de la route, il a trouvé la Camarde au rendez-vous. Moi, j'en savais rien ! J'étais de bonne foi. Je n'ai jamais rien voulu d'autre que la victoire de ma Patrie. »

Sa moustache jaune humide de larmes, Svolodarski se rassied, dos voûté, yeux baissés, l'air d'un homme rempli d'humilité mais sûr de son bon droit. L'hypocrisie de l'adjudant donne la nausée à Sergueï. Il ne peut s'empêcher de lui lancer :

« Et ta signature sur l'acte de décès ? »

Le juge lui intime l'ordre de se taire, et menace même de le faire expulser de la salle.

Sergueï se rassoit, indigné.

« Accusé Svolodarski, répondez à la question que je vais formuler autrement : êtes-vous complice du capitaine Petrov, ici présent, dans l'organisation de ce trafic ? »

Svolodarski se détend comme un ressort :

« Mais puisque je vous dis que non, que je ne savais rien de tout ça ! Il a tout mis en train alors que je me battais dans le Nangarhar. Je vous le jure, je suis innocent ! Ma seule erreur est d'avoir fait confiance à un supérieur qui me donnait des ordres...

— Mais cette signature est indiscutablement de votre main ?

— Oui, mais c'est lui qui m'a obligé à signer un papier sans me montrer ce qu'il y avait dessus. »

Le juge fait passer le faux acte de décès à ses assesseurs et enchaîne :

« J'y vois également, portés dans les espaces réservés à cette fin, les nom, prénoms et date de naissance du témoin. Également de votre main. Qu'avez-vous à répondre ? »

Svolodarski baisse le nez. Ses yeux pâles, sous son front dégarni, considèrent Sergueï avec haine.

« Je vous répète que tout ça, c'est Petrov qui l'a manigancé. Moi, je ne suis qu'un simple maillon de la chaîne. J'ai obéi aux ordres, c'est tout ! »

Le juge récupère le papier, le pose sur le dossier et, s'adressant à Sergueï :

« Lorsque vous avez été désigné pour cette mission, étiez-vous déjà au courant des rapatriements de cercueils ? »

Sergueï se lève et se tourne vers les accusés :

« Nous en préparions chaque jour. Chaque jour, des dizaines d'hommes tombés dans cette guerre épouvantable étaient couchés à l'intérieur et expédiés par avions-cargos, puis par camions, aux quatre coins de l'URSS. Chaque jour, des familles en deuil recevaient ces cercueils de zinc hermétiquement clos et pleuraient leurs enfants sacrifiés. Les mères ne pouvaient pas caresser une dernière fois leur fils aimé. Les proches étaient empêchés, comme le veut la coutume, de voir le visage du mort pour le pleurer jusqu'à la mise en terre. Le couvercle vissé dissimulait souvent quelque chose d'indicible : un cadavre mutilé, ou, pis encore, des restes mêlés, non-identifiables.

« Or ces hommes, si on peut encore les nommer ainsi, ces êtres vils, profitant du malheur général, ont conçu cette ignoble mascarade : envoyer un pauvre soldat, miraculeusement réchappé à cette boucherie, se faire assassiner sur sa terre natale, sans aucune possibilité de se défendre. Parti seul, sans armes, avec des ordres stricts, il suit l'itinéraire qui le mène à un hameau abandonné, assez proche de son domicile. Une fois parvenu sur place, les complices chargés de le "réceptionner" n'ont plus qu'à accomplir leur sale besogne. Une fois qu'ils l'ont exécuté, son cadavre vient remplacer dans le cercueil le chargement criminel. Il ne reste plus alors aux bandits qu'à planquer leur précieux butin, puis à accompagner à leur tour la malheureuse victime jusqu'à sa famille éplorée, à laquelle ils remettront les papiers désormais parfaitement conformes. Voilà à quoi j'ai échappé par miracle ! Voilà à quoi aboutit cette guerre cruelle qui a permis à des êtres sans foi ni loi de commettre d'aussi horribles forfaits ! »

Le juge l'interrompt :

« Moins de lyrisme ! Tenons-nous-en aux faits, s'il vous plaît. Deuxième classe Astakov, je vous ai posé une question toute simple. Il ne s'agit pas ici de faire le procès de la guerre. Répondez plus brièvement. Avez-vous eu vent d'autres "expéditions" de ce genre ? Si oui, donnez-nous des noms et des dates ! »

Sergueï se mord les lèvres. Mis en garde par Toma avant de pénétrer dans la salle d'audience, il se remémore ses conseils : « Ne te laisse pas influencer par la cour. Mais ne dévie pas du sujet. Parle clair. Dis la vérité, même si elle est noire. Mais ne porte pas de jugement. Ce n'est pas à toi de le faire ici. N'interviens que si on te le demande... »

Déjà le juge s'est emparé d'autres documents. Il adresse un signe de tête aux assesseurs :

« Une quinzaine de cas ont été portés à notre connaissance par divers canaux. Je vais vous en donner lecture. (Puis, regardant Sergueï :) Si une des victimes était connue de vous, vous interviendrez. »

Le juge se met à égrener une suite de noms et de dates. Cette liste ressemble fort à celle dressée naguère par Sergueï dans son carnet. Son cœur se serre, car même s'il ignore tout des hommes qui ont porté ces noms, il sait comment ils sont morts. Il imagine leur affolement, à l'instant fatal, lorsqu'ils se rendaient compte qu'un frère de sang allait les abattre. Il ressent presque leur douleur à l'idée de quitter la vie si près de chez eux, à quelques heures du bonheur des retrouvailles. Il a envie de s'écrier : « Oui, je les connais tous ! Ce sont mes frères d'armes, mes frères dans le malheur ! Tous victimes de ces monstres... »

Mais il se tait de peur d'irriter le juge par sa véhémence.

Les traits du capitaine Petrov n'ont pas tressailli lorsqu'on l'a questionné sur son homonymie avec le faux mort.

« N'avez-vous aucune crainte du jugement des vivants ? N'avez-vous personne que vous chérissiez assez pour ne pas lui infliger cette double honte : porter le nom d'un usurpateur et d'un assassin ? »

D'une voix sèche, Petrov riposte au juge en le regardant droit dans les yeux. Seules ses cicatrices empourprées trahissent sa tension.

« Petrov est un nom commun dans notre pays. Je l'ai choisi par facilité. J'en connais des centaines qui, comme moi, se fichent pas mal de l'usage qu'on peut en faire. Je n'ai ni parents ni enfants. La seule personne qui aurait pu souffrir de tout ça, ma mère, est depuis longtemps sous terre. Pour le reste, j'ai trouvé assez cocasse de m'envoyer moi-même, Mikhaïl Petrovitch Petrov, né en 1939, au cimetière, et plus d'une fois ! Mais c'était pour rire, puisque le cercueil ne contenait que de la marchandise ! Et, dès le transfert, je retrouvais mon identité. La feuille de route était brûlée : plus de Petrov ! Il ne restait plus que le véritable acte de décès qui, après coup, devenait parfaitement authentique. Un mort *égale* un acte de décès ! »

Et, le visage tordu de côté, Petrov part d'un énorme éclat de rire qui résonne, lugubre, entre les murs de la salle.

Quelque peu décontenancés par cet accès d'hilarité, les militaires se regardent avec des grimaces d'incompréhension. Mais le juge enchaîne :

« Vous avez délibérément envoyé à la mort des hommes jeunes et sains qui n'avaient aucune chance d'en réchapper.

— Pas tous, mon général. La preuve de votre erreur se tient devant vous », réplique Petrov en désignant Sergueï. Puis, sur un ton badin : « Vous-même, dans l'armée, n'envoyez-vous pas ces mêmes jeunes recrues se faire massacrer dans les pires conditions sur cette terre inhospitalière ? N'êtes-vous pas de pires criminels, vous qui n'encourez aucune peine ? J'ai commis des crimes, on m'a pris, je vais payer. Mais vous tous, dirigeants, haut gradés, roitelets du Parti, ce que vous faites chaque jour est d'autant plus méprisable que vos forfaits resteront impunis... »

Les dernières phrases ont été prononcées d'une voix devenue coupante par un Petrov dressé face à ses juges. Profitant de l'effet de surprise, il poursuit en pointant le doigt sur Svolodarski :

« Cette larve, cette demi-portion qui vous pleure dans le gilet, est de la même race que vous : pas de colonne vertébrale ! Je l'ai connu autrement arrogant à la tête de son prétendu "corps d'élite" : un ramassis de gosses névrosés dont il se servait comme d'un troupeau de zombies se pliant à ses pires lubies ! Vous ne vous attendiez pas à ça dans votre belle et grande armée, hein ? Un petit malfrat qui devait au pire battre sa femme et qui devient, grâce à vous, un chef de bande organisé, un sadique qui n'hésite pas à tirer sur ses propres hommes quand ses ordres ne sont pas mis assez vite à exécution. Il vous a narré mes "exploits" ? Mais je ne tuais que des ennemis, moi ! Jusqu'au jour où vos supérieurs ont pris cette décision inique : me muter à Perm ! Vous m'imaginez, en train de faire la circulation à l'aéroport ? Dans cette ville morte où on ne croise que vos semblables : des militaires en mission, des militaires en permission, des militaires en goguette, en transit, en attente ! Des rues où ne règne que la couleur kaki, où l'on ne voit pas de femmes, car même celles qui y passent sont en uniforme. Je suis devenu fou ! Fou de rage contre vous, contre un système qui, après avoir brisé ma vie de jeune homme, s'apprêtait à miner mes années de maturité. C'est alors que ma route a croisé celle de ce polype ! Il s'est littéralement collé à mes pieds : "Soyez des nôtres, éduquez nos jeunes, et nous ferons ensemble de grandes choses !" J'y ai vu une manière de me venger de l'offense qui m'était faite. Puisqu'on ne voulait plus de moi comme tueur légal, je deviendrais criminel pour mon propre compte ! Or il faut vous dire que Svolodarski, ce chiasseux que vous avez devant vous, avait reniflé très tôt l'odeur d'argent qu'exhale la poudre blanche. Son réseau était bien en place pour la fourniture. Mais c'était encore du travail de gagne-petit. Il n'approvisionnait que les locaux. Et, malgré la demande grandissante, cela ne lui suffisait plus. C'est alors qu'il s'est mis à stocker sa saloperie et à chercher un autre débouché. Quand j'ai eu vent de cette bombe à retardement, j'ai sauté sur l'occasion, si vous me permettez ce mot. J'ai conçu mon plan en l'espace d'un éclair. Ce fut une sorte de révélation. Après, il nous a suffi de trouver quelques bonnes volontés. Ce n'est pas bien difficile, dans l'état de décomposition morale où nous nous trouvons ! Avec de l'argent, nous avons réussi à obtenir nos premiers voyageurs vers l'au-delà. Sans rien révéler à la hiérarchie, nous avons organisé notre roulement. Pensez, il y avait tant de morts que nos malheureux faux héros tombés pour la Patrie, même s'ils portaient tous le nom de votre serviteur, ne faisaient pas tache ! Fondus dans la masse des victimes de votre incurie, ils partaient avec les honneurs militaires. Plus tard, ce fut même mon privilège de les recevoir, avec leur accompagnateur, sur le sol natal ! C'est ainsi que j'ai vu débarquer le deuxième classe Astakov. Il m'a bien plu, ce petit ! Mais, comme convenu avec cette larve à moustache de Svolodarski, l'accompagnateur était sacrifié d'office. D'habitude, il m'envoyait des demi-dégénérés. Quelquefois aussi des militants de la Cause — il en reste, figurez-vous... —, des petits communistes grand teint qui se croyaient encore sous Lénine. Ceux-là, je me faisais un réel plaisir de les larguer dans les filets de mes réceptionnaires. Je soupçonne Svolodarski de s'être aussi débarrassé de certains de ses complices de la première heure. Il voulait le magot pour lui tout seul... Mais la chance nous a quittés. Ça allait trop bien. Pensez, en dix-neuf envois, la première anicroche ! Il n'em-pêche : mon plan était presque parfait. Au demeurant, je me moque de la mort. La seule chose qui me déprime, c'est l'idée de passer mes derniers instants en compagnie de cette crapule puante ! »

Après avoir achevé sa diatribe devant le tribunal médusé par un tel déchaînement de violence, le capitaine Petrov se rassied sans un regard pour son complice.

Sergueï est lui aussi abasourdi par ces révélations. Le chiffre évoqué par Petrov l'horrifie : ils ont donc été si nombreux, les petits gars à avoir comme lui entrepris ce long voyage ? Il considère avec dégoût le visage bouffi de Svolodarski, ruisselant de sueur. Il ne peut s'empêcher d'éprouver une certaine admiration pour le capitaine Petrov : ce monstre a du panache ! pense-t-il. Quant aux autres, avec leurs faciès anonymes d'assassins ordinaires, ils semblent assommés.

La cour martiale fait son entrée. Le verdict tombe :
Capitaine Petrov : Fusillé.
Adjudant Svolodarski : Fusillé.
Réceptionnaire n° 1 : Fusillé.
Réceptionnaire n° 2 : Fusillé.
Réceptionnaire n° 3 : Fusillé.
Réceptionnaire n° 4 : Fusillé.
Tous les autres : 20 ans de camp à régime sévère...

Sergueï a cessé de prêter l'oreille à la longue énumération. Il regarde Svolodarski, plié en deux, sangloter contre la rambarde en bois. Le capitaine Petrov a fermé les yeux ; une grimace de mépris crispe son visage asymétrique.

Le voyage de Sergueï Ivanovitch

J'erre par les champs le long de la rivière,
Lumière et ténèbres, Dieu n'est plus.
Les bluets courent les prés, longue est ma
[route.
Une dense forêt borde le chemin où rôdent
[les sorcières
Et le sentier débouche sur un billot planté
[de haches.

Chapitre 11

L'eau ruisselle sur le bitume ; la poussière est balayée à gros bouillons vers les fossés qui bordent la route. Derrière les camions-arroseurs roulant au pas, des dizaines de véhicules de toute sorte suivent en file indienne. Parmi eux, la camionnette remplie jusqu'au toit de boîtes de lait concentré à bord de laquelle est monté Sergueï. Le chauffeur lui a exposé la situation en quelques mots :

« C'est encore plus absurde que d'habitude ! A cause de leur saloperie, dans un pays où on pourrait se laver avec, tellement il y en a, il faut livrer d'urgence du lait concentré : le lait frais est inconsommable, et les gosses crient famine ! Toutes les bêtes qui étaient au pré ce jour-là ont dû être abattues. La terre est contaminée sur des kilomètres carrés. "Ils" sont même obligés de lessiver les routes à cause du poison que les voitures ramènent collé à leurs pneus. Et je ne dis pas ce qu'on respire ! Mieux vaut ne pas y penser. Tout ça, "ils" n'en ont parlé que depuis quelques jours. Jusque-là, on savait seulement que là-bas, en Ukraine, il y avait eu un très gros pépin. Mais on ne se doutait pas que ça viendrait jusqu'ici. On a pratiquement tout reçu par l'effet du vent. Là où tu vas, entre Minsk et Moghilev, ils ont surtout relevé du césium, qu'ils disent. Moi, tout ces mots en *ium*, j'y comprends goutte, mais c'est pas bon pour le chrétien ! »

Sergueï avait bien tenté de quitter le convoi, mais les ordres interdisaient de laisser qui que ce fût partir par ses propres moyens ; chacun devait suivre la route décontaminée. Car, depuis Gomel où Sergueï n'avait eu aucun mal à arriver, jusqu'à Berezino d'où il devait bifurquer vers son village, toute la zone avait été durement touchée. Un cordon sanitaire était en place.

En bordure de la chaussée, marchant à contre-courant des véhicules, une file ininterrompue de soldats en tenue de campagne jaunâtre descend vers Gomel. A leur cou, un masque de tissu qui souvent ne protège ni leur nez ni leur bouche, soit parce que le soldat fume ou bavarde, soit plus simplement parce qu'il fait trop chaud. Les jeunes appelés marchent, insouciants, heureux de cette diversion dans la vie monotone de la caserne. Ils adressent des signes amicaux aux voyageurs qui les regardent passer ; certains chantent. Le livreur de lait leur crie :

« Hé, bande de couillons, c'est pas pour rien qu'on vous a dit de mettre des masques ! La poussière, cette putain de poussière que vous avalez, elle va vous cramer le mou, pire que le gaz moutarde ! » Et, après avoir craché, il relève prestement sa vitre, hoche la tête et poursuit : « Faut dire qu'on les envoie là où c'est le pire, sans préparation. Ils doivent enlever une couche de plusieurs dizaines de centimètres de terre là où s'est déposé le nuage. Ça en fait des brouet-tées, et tout ça à la main ! Je suis sûr qu'on ne leur a même pas expliqué qui étaient le cama-rade Strontium, le camarade Césium, le cama-rade Plutonium ; tous ces invités qu'on n'atten-dait pas, on ne les leur a même pas présentés ! »

Ravi de sa plaisanterie, il allume une ciga-rette et en propose une à Sergueï, qui accepte volontiers.

Pour lui aussi, ces mots constituent une énigme. Il a certes entendu souvent parler de plutonium. Mais l'ampleur des dégâts causés par ces substances, le fait qu'elles aient pu tout à la fois empoisonner la terre, l'eau, l'air, il lui est impossible de se le représenter. Il contemple la route, les bois qui la bordent, il voit les soldats marcher, le soleil briller comme chaque jour, rien ne lui semble différent. Pourtant, il se sent étreint par une angoisse tout autre que celle qu'il a connue jusqu'ici. Il était persuadé de retrouver ce soir sa famille, son village. Il se sent à nouveau piégé. Mais, cette fois, par un ennemi sans visage : ce n'est plus quelque chose de palpable, comme un fusil ou un couteau, ce n'est même plus une machination conçue par un individu pervers. C'est le voile magique jeté par la mauvaise fée autour du château de la Belle au bois dormant, que nul ne peut traverser sans y perdre la vie. C'est l'invisible nuée qu'Athéna déploie pour soustraire Ulysse à ses ennemis. C'est l'épais brouillard qui égare le héros au moment où il était sur le point de retrouver sa route. Cela n'a ni couleur ni odeur, et cela sème pourtant la mort.

Sergueï se rappelle certains récits de son enfance. Vient toujours un moment où, comme dans un cauchemar, un événement vous réveille, qui permet de sortir du piège. Il souhaite retrouver Vassilissa, il veut à tout prix revenir chez lui. Il ne peut plus supporter d'être la victime passive de cet énorme traquenard. Il décide de s'éclipser. Le convoi emprunte à présent une route secondaire qui l'éloigne de la zone critique. Interrogé par un milicien, Sergueï a prétendu devoir s'arrêter chez une tante habitant Bobrujsk. Cette ville, souvent citée dans sa conversation avec le chauffeur, n'a pas été contaminée. Au surplus, elle se situe sur la rive occidentale de la Berezina. Ce qui permet à Sergueï de mettre en œuvre la première partie de son plan : après avoir remercié le conducteur de la camionnette et s'être muni de quelques boîtes de lait concentré, il s'éloigne à grands pas. Comme dans les contes d'autrefois, il a choisi de faire appel aux déesses de l'eau, les *Roussalka*, du nom si doux qu'il donne souvent à Vassilissa.

Il dévale la pente raide ; le sac accroché dans son dos lui bat les côtes et émet des couinements de bandonéon. Il se retrouve bientôt sur la berge de la rivière qui a laissé son nom dans l'histoire. Il sourit, car elle lui semble de dimensions bien modestes. La leçon que donnait à son propos la maîtresse du village, Anna Pavlovna, lui revient en mémoire :

« La défaite de l'armée napoléonienne, en 1812, s'est achevée en désastre sur la Berezina. Les envahisseurs français furent noyés dans les eaux tumultueuses du fleuve... Certains, pour survivre, durent se blottir dans le ventre en putréfaction de leurs chevaux crevés, tant la rigueur de notre climat leur était fatale... »

Cette dernière image, en particulier, avait frappé les enfants qui avaient longuement examiné la vieille jument du kolkhoze en se demandant à combien on pouvait se cacher dedans ! Sergueï avait même développé une théorie sur la température clémente des viscères en décomposition qui, selon lui, devait pour le moins atteindre les quarante degrés. Il avait repris pour l'occasion une histoire que racontait volontiers son père, Ivan Borissovitch :

« Le ferronnier du village voisin, venu réparer le soc brisé de la charrue, ne trouva rien de mieux que de s'enivrer chez son vieux compagnon d'armes. Il buvait au souvenir des batailles de partisans, des amis disparus, de la victoire sur les fascistes, bref, pour toutes sortes de bonnes raisons qui n'autorisaient pas Ivan Borissovitch à refuser de le servir. Après qu'il eut glissé du banc, à genoux sur le sol de la grand-pièce, et pleuré tous les morts de l'humanité, il s'affala de tout son long et demeura ainsi, sourd aux demandes pressantes de débarrasser le plancher. Ce n'est que dans la soirée qu'Ivan Borissovitch put enfin le mettre dehors et le renvoyer dans son village... Au matin, il eut la mauvaise surprise de le retrouver presque gelé, accolé au tronc d'un grand sapin. Aux grands maux, les grands remèdes. Il ne restait plus à Ivan Borissovitch qu'à appeler du renfort, à décrocher l'ivrogne de son arbre, et, pour le ramener à la vie, à l'immerger dans le tas de fumier : la bonne chaleur et la forte odeur d'ammoniac eurent tôt fait de ressusciter le ferronnier... »

A ce souvenir, Sergueï accélère le pas. La route est encore longue jusqu'à Savitchev.

Il marche les pieds dans l'eau vive et fredonne les paroles de comptines retrouvées.

Un village traverse une charrette,
De sous le chien un portail aboie.

Un bâton sort brandissant une bonne femme,
Et tape sur le chien pour faire taire le
                                    [portail...

A l'époque, l'interversion des mots ravissait les enfants qui en inventaient sans cesse de nouvelles. Les chanter maintenant le rassure. Il poursuit son périple d'un cœur plus léger, persuadé d'être protégé des maléfices par l'eau qui court à ses pieds.

Serguëi traverse enfin le bois qui masque l'entrée de son village. Il saute par-dessus les souches, esquive les branches basses. Il pourrait le faire les yeux fermés, tant ces sentiers lui sont familiers. Son souffle est court, son cœur tambourine dans sa poitrine. Le soleil déjà haut trace de longues zébrures verticales dans les vapeurs légères montant du sous-bois. Il débouche sur la place marquée en son milieu par les traces noirâtres des feux de l'été. Devant lui, sous la lumière crue, la grand-rue de son hameau natal semble toute rétrécie.

« Comme c'est devenu petit, mais comme c'est doux d'être ici », songe Serguëi.

Il fait quelques pas, puis s'immobilise soudain. Il a déjà éprouvé cette impression, déjà ressenti ce choc au ventre, déjà perçu ce silence insolite : comme le hameau du faux mort, son propre village est vide, sans fumées, sans cris d'enfants ; les chiens n'ont pas aboyé, les gens ne sont pas sortis sur le pas de leur porte. Il n'y a plus personne...

Sergueï hurle : « Vassilissa ! » et se précipite vers la maison des Makarov. D'un bond il traverse la véranda, défonce d'un coup d'épaule la porte de bois, et se retrouve au milieu de la pièce commune, haletant, près de défaillir. Les meubles sont à leur place habituelle, mais couverts de poussière. Des objets hétéroclites jonchent le sol. Dans le coin droit, l'icône a été enlevée, laissant un rectangle plus clair sur la paroi brune. La grande cage à oiseaux est vide ; seules quelques plumes jaunes y volètent sous l'effet du courant d'air... Sergueï se laisse choir sur le banc et pose son front sur la table.

Un long moment se passe. Quelque chose de doux vient se poser de chaque côté de son cou. On chuchote des mots à son oreille. Il reste d'abord sans comprendre. Soudain sa joie éclate en reconnaissant la voix de Petia :

« Ton pingouin saoulot est là. Tout va bien, ne t'affole pas. Je vais tout t'expliquer... »

Après s'être retourné, Sergueï attrape maladroitement les moignons tendus de son ami, l'attire vers lui, l'embrasse, le presse contre lui. Petia s'écrie :

« Hé, ne m'écrase pas comme ça ! Si tu veux que je parle, ne me casse pas les côtes ! »

Sergueï découvre le bon sourire de son ami.

Peu à peu, l'appréhension fait place à l'impatience. Il veut savoir où se trouve Vassilissa. Pourquoi Petia est-il seul ici ? Où sont les siens ? Pourquoi le village a-t-il été abandonné ? Sous cette avalanche de questions, Petia ne peut que répondre :

« Viens, allons chez toi. Je vais tout te raconter. »

Les deux garçons traversent la route et se retrouvent dans l'isba familiale. Tout est propre. Sur la grande table sont alignés des bouteilles de vodka, un panier rempli de croûtons, des bonbonnes d'eau, un quartier de lard salé découpé en lamelles.

« Tu vois, j'ai des provisions. Je savais que tu allais bientôt revenir. Je suis là pour t'attendre. Tu te demandes comment je fais ? Regarde. »

Avec sa bouche, Petia saisit une longue paille et aspire une goulée d'alcool. Puis il se dirige vers le fond de la pièce. Sur une sorte d'établi est posée une prothèse que Petia ajuste avec agilité à ce qui dépasse de son épaule gauche. Il la fixe ensuite avec son menton sur un baudrier qui lui ceint la poitrine. Il a maintenant un bras à demi-plié qui s'achève par une main recouverte de cuir noir. A l'aide de celle-ci, il maintient un fourreau de bois terminé par un crochet métallique, dans lequel il glisse ce qui reste de son avant-bras droit. Il serre la courroie avec ses dents et, agitant triomphalement son crochet :

« Regarde, mon vieux, c'est comme chez les corsaires ! Je ne peux pas dire que je saurais jouer du bandonéon, mais je me débrouille ! »

Et, pour parachever sa démonstration, il pique une tranche de lard qu'il présente à Sergueï :

« Tu peux y aller, tout ce qui se trouve sur cette table vient de la zone propre, à quarante-cinq kilomètres. Ici, à Savitchev, tout "scintille", comme ils disent. On ne peut ni faire du feu (le bois est contaminé), ni boire de l'eau (le puits est contaminé), ni manger les fruits du jardin, ni cueillir les champignons, ni pêcher dans le lac, ni se promener au-dehors, ni trop respirer l'air du printemps, ni vivre, quoi ! Moi, je suis resté parce que je ne sors guère et peux me passer de tout ! Les vieux m'ont laissé assez de vodka pour m'y noyer ! Et du moment que j'ai en plus du pain et du lard... L'eau, c'est pour la blague : j'en bois à peine, ça rouille ! »

Et, après avoir donné de son bras artificiel une bourrade à Sergueï, il poursuit :

« Vassilissa, la belle, t'attend en se rongeant les sangs. Tu n'as pas donné beaucoup de nouvelles, ces temps-ci. Et nous non plus, on n'osait pas trop t'écrire... Ç'a été dur, tu sais. Tout a commencé quand les ingénieurs sont venus contrôler, avec leurs drôles de petites boîtes. Un matin, ils ont débarqué, accompagnés du secrétaire de district du Parti. Ils ont ordonné d'ouvrir les maisons, ils ont fait le tour du hameau en prenant des notes, ils ont arpenté le bois, les berges du lac, les vergers. Puis ils ont simplement déclaré : "Demain matin, un autobus viendra vous prendre. N'emportez que le strict nécessaire. Et ne laissez pas d'animaux domestiques. Il faut abattre les vaches et les moutons, tuer les poules, les canards, et ensevelir profondément les carcasses ; ne rien consommer jusqu'à votre départ, sauf les provisions que nous allons vous laisser... Si vous le souhaitez, vous pouvez emmener les chiens, les oiseaux et la jument..." Tu imagines la stupéfaction, puis la douleur de tous ! Quitter du jour au lendemain un lieu béni où on a vécu depuis des générations. Entendre dire que cette terre est devenue inhabitable pour des années, peut-être des décennies... Laisser tout ce qui a fait ta richesse, ton travail, tes traditions. Abandonner les tombes de tes ancêtres. Partir vers l'inconnu... Ton père voulait rester, mais il en a été empêché par Vassilissa qui lui a reproché de vouloir te laisser doublement orphelin. Il s'est très vite ressaisi. Il a même pris la tête de l'exode. Sa petite valise à la main, il est monté le premier dans le car. Les femmes pleuraient, les chiens hurlaient à la mort. Harassés par le travail fourni pour tout liquider, les hommes, sitôt assis dans le car, se sont endormis, comme assommés.

« Je suis parti avec la famille Makarov. Il faut te dire que, depuis mon arrivée ici, je vis un rêve. Moi qui n'avais jamais connu que les coups, j'ai été cajolé par les filles, par la mère, par les voisins. J'ai dû raconter nos exploits une fois, deux fois, dix fois et plus... Bien sûr, je n'ai parlé que de ce qui était glorieux. Pour le reste, je t'attendais. Juste quelques mots à Vassilissa, pour qu'elle sache que tu avais changé, qu'elle y soit préparée. Mais, pour moi, le plus important est arrivé après. J'apprenais à mettre mes rallonges ; c'est Tania, l'aînée, qui m'aidait. Au début elle était dure, fermée, avec un ton d'adjudant. Un jour, j'ai aperçu un petit sourire dans ses yeux quand j'ai réussi pour la première fois à attacher mon bras au baudrier. Après, on s'est parlé, et, un matin, alors qu'elle me rasait, elle m'a déposé un baiser sur la joue ; on a ri parce qu'elle avait du savon sur le nez. Et voilà ! On a décidé de se marier en même temps que Vassilissa et toi. Bien sûr, Tania a bientôt trente ans et moi, je suis un pingouin ; mais justement, à nous deux, on fait un attelage solide, puisqu'on a tous deux besoin l'un de l'autre. Comme toi tu as besoin de Vassilissa, et elle de toi. On est tous un peu invalides, maintenant ! C'est pour ça que je suis revenu ici. Pour t'attendre et t'emmener. »

Sergueï a écouté Petia sans réagir. Comme si les mots n'avaient fait que glisser sur sa conscience. Assis, le dos raidi, les mains posées sur ses genoux, il a reçu ces nouvelles sans ciller. Après toutes les épreuves qu'il a déjà endurées, cet ultime désastre ne semble pas l'atteindre. L'accumulation de malheurs a provoqué chez lui une sorte de paralysie de l'âme et du cœur. Il est incapable de penser, de bouger. Petia l'observe. Son bon sourire s'efface. Il connaît bien ce regard terne, ces traits affaissés, ces mâchoires serrées dans un rictus mauvais qui seul témoigne de la tension intérieure. Il a trop souvent vu les jeunes soldats perdre la raison, quand la souffrance leur devenait insupportable, pour ne pas reconnaître sur le visage de Sergueï les stigmates de la folie. Petia cherche désespérément ce qu'il pourrait faire pour que le silence qui s'est installé à la fin de son récit ne devienne pas définitif, pour que se brise l'infranchissable cercle qui est en train de se former autour du cerveau de son ami. Il sait que cette forme de refuge dans l'absence peut durer des mois. Il a vu plusieurs jeunes devenir amnésiques et muets, réduits à l'état de larves insensibles que les médecins militaires désespéraient de guérir.

Subitement, une idée lui vient. Il cherche des yeux le sac de Sergueï, s'en empare avec son crochet, le dépose sur la table. Avec ses dents, il desserre les sangles et, dans un cri de joie, en sort son bandonéon. Après l'avoir installé sur le côté, il remonte le soufflet à l'aide de sa main de bois, par légères secousses, et tire de son instrument les notes d'une mazurka dissonante.

« Je joue, Sergueï, écoute, je joue ! » hurle-t-il en accélérant le rythme.

Le visage de Sergueï s'est crispé. Ses yeux emplis d'incrédulité errent sur les murs de la maison, sur Petia, sur les fenêtres éclairées par le soleil couchant. Pareil à un homme qui se réveille, il regarde sans trop comprendre. Se prenant la tête entre les mains, il semble commencer à recouvrer ses esprits. Petia tape de plus belle sur le bandonéon qui finit par exhaler ses dernières notes.

Sergueï s'est levé. Son regard est à nouveau clair. Il s'approche de la niche au-dessus du poêle, passe sa main sur la peau de mouton qui lui servait jadis de matelas. Puis il se dirige vers la tache ovale laissée sur le mur par le cadre contenant la photographie de sa mère : il l'effleure du bout des doigts en une légère caresse. A reculons, il se dirige vers la porte d'entrée et, après s'être arrêté, contemple longuement cette pièce dans laquelle s'est déroulée la part la plus heureuse de sa vie.

Petia a compris que le moment est venu de quitter la maison. Prestement, il fait basculer deux bouteilles dans le sac de Sergueï, y ajoute du lard et quelques morceaux de pain rassis. Puis, d'un geste, y glisse le bandonéon en piteux état et murmure :

« On va te réparer, et je te ferai encore chanter ! »

Sergueï ouvre grand la porte. Le soleil éclabousse l'isba d'une lueur écarlate. Sans se retourner, il dévale les marches du perron et s'oriente vers la forêt. Petia le suit en trottinant.

Parvenu devant le grand bouleau aux aveux de son adolescence, Sergueï s'arrête un instant. Il revoit Vassilissa assise sur la souche ; il sent le baiser qu'elle posa ici sur ses lèvres pour la première fois. Il lève les yeux et aperçoit sur les hautes branches la cabane où ils s'allongèrent l'un contre l'autre. Sa main cherche dans l'écorce le creux où il cachait ses mots d'amour. Sous ses doigts, il sent un morceau de papier plié. Une vive émotion l'envahit ; l'écriture de Vassilissa couvre toute la page :

« Mon aimé.

Tu lis cette lettre. Mon vœu le plus cher est exaucé : tu es vivant, tu es revenu chez nous. Mais tu n'as pas encore surmonté toutes tes épreuves. Maintenant, tu sais ce qui a frappé notre village. Fuis cette terre martyre. Chaque heure passée ici met ta vie en péril. Nous quittons tout ce matin. J'ai attendu l'aube pour pouvoir t'écrire, tant les hurlements des bêtes, les gémissements des femmes, les sanglots des vieux emplissaient chaque maison. Il a fallu choisir en quelques heures parmi les objets accumulés depuis des générations. On ne peut presque rien emporter. D'ailleurs, tout est contaminé. Je sauve mes oiseaux. La maîtresse d'école ne veut pas laisser abattre la jument. Maman a décidé de tout brûler, mais c'est interdit : la fumée irait infester d'autres régions. Nous ne savons pas où nous allons. J'espère seulement qu'on ne nous séparera pas. Comment loger une si nombreuse famille ? Vont-ils nous disperser dans des villes différentes ? Quel malheur nous frappe... ! Tu es le seul rayon de soleil dans cette nuit qui s'est abattue sur nous. Je vis pour te revoir. Je vais une dernière fois jusqu'à notre bouleau. Nous ne construirons pas notre maison sur pilotis... Il est vrai que nous ne sommes pas des Indiens d'Amazonie. Nous ne sommes que de pauvres Soviétiques chassés de leur terre par le poison nucléaire. Quitte vite ce lieu qui fut béni. Ne te retourne pas. Va, cours, vole... Vassilissa t'attend. »

> *Terre, mère éternellement féconde,*
> *Plus inépuisable que l'eau de l'océan,*
> *Qui a dit : la terre est incendiée ?*
> *Elle n'est que noire de chagrin.*

Chapitre 12

La grand-rue du quartier est de Bobrujsk n'est en fait qu'un long corridor bordé d'immeubles de quatre étages, tous semblables les uns aux autres. Seuls les rideaux qui masquent les fenêtres carrées mettent un peu de couleur dans cette grisaille de béton. Plantée depuis peu, la végétation ne parvient pas encore à dissimuler les ravages des bulldozers. Aucun arbrisseau ne dépasse la taille d'un garçonnet. Devant chaque bloc, les habitants se sont essayés au jardinage. On dirait des vergers mal entretenus : s'y mêlent des sapins transplantés depuis la forêt voisine, de jeunes bouleaux au tronc fragile, quelques buissons de framboisiers et de groseilliers aux bourgeons vert pâle. Des aires de jeu se dégage une morne tranquillité : sous un gros champignon rouge à pois blancs, de petits bancs peinturlurés sur lesquels sont assis, studieux, des vieux et des adolescents qui jouent aux échecs. Les portes des immeubles, elles aussi bariolées de couleurs vives, commencent déjà à s'écailler. Tout a l'air neuf et pourtant déjà usé.

Sergueï allonge le pas. Il ne cesse de presser Petia qui peine à le suivre et lui crie :

« Je te dis que c'est encore loin. Ces foutues avenues sont interminables ! On doit encore dépasser deux champignons, ça fait au moins six blocs. Ce sera alors sur la gauche, l'avant-dernier portail. Il est jaune vif : je le reconnais même quand j'ai trop tété ma paille ! Attends-moi, je veux être là quand tu vas les retrouver... »

Mais Sergueï ne l'écoute pas, ou plutôt ne l'entend plus. Tout son être est tendu vers l'extrémité de la grand-rue où il sait que l'attend Vassilissa. Il ne remarque rien autour de lui : ni les immeubles aux façades uniformes, se répétant selon une angoissante symétrie, ni le manque de verdure, ni le sol défoncé, bourbeux, ni même certains visages dont l'expression résignée fait peine à voir. Des gamins jouent autour de minuscules bassins remplis d'une eau verdâtre. A l'écart, la tête enveloppée d'un foulard, des petits sont blottis les uns contre les autres ; leur visage glabre est inexpressif ; seuls leurs grands yeux sans cils suivent avec lassitude les jeux bruyants des autres enfants. Soudain, l'un d'eux se lève, entraîne deux fillettes et se met à courir derrière Sergueï en l'appelant. Mais Sergueï ne l'entend pas. Plus loin, une grande jeune fille se joint à eux à son tour ; elle aussi crie son nom. Bientôt, c'est tout un cortège qui trotte derrière lui. Ils ne savent trop pourquoi, mais ils s'amusent à voir un garçon à la dégaine si martiale provoquer une telle agitation dans la rue habituellement trop calme. Et puis, c'est une occasion de chahuter sans être rappelé à l'ordre.

« Sergueï, hé, Sergueï, t'es sourd ou quoi ? On te parle, Sergueï, hé-ho ! Où cours-tu si vite ? Au bout, il y a rien... Que cherches-tu, Sergueï ? Après, ce n'est plus que la forêt ! Tu t'y perdras ! Hé, Sergueï... »

Parmi les voix légères qui l'accompagnent, il n'entend pas celles, familières, des jeunes de son village.

« Sergueï, c'est bien toi ? Tous t'attendent ! Ton père est là. Depuis des semaines, tout au long du jour, il fixe le bout de la rue pour te voir arriver. Dépêche-toi ! »

Sergueï ralentit. A contre-jour, il voit se découper au loin une silhouette au beau milieu de la rue. Assis sur une chaise, le menton appuyé à sa canne, Ivan Borissovitch a lui aussi entendu la rumeur qui monte. Il perçoit les deux syllabes qui forment le prénom de son fils. Il se dresse et tente de le distinguer dans la masse mouvante qui se rapproche : ses yeux fatigués ne voient que des taches de couleur qui se superposent. Puis, petit à petit, il en différencie une. Il sait alors qu'il ne mourra pas sans serrer son fils sur son vieux cœur. Des larmes coulent sur ses joues rasées de près, comme désormais chaque matin. Les revers de son costume noir — celui dans lequel il s'est marié —, qu'il n'a plus quitté depuis le début de l'« attente », sont bientôt striés de larmes.

Sergueï aussi a reconnu son père. Il n'est plus maintenant qu'à quelques dizaines de mètres. De chaque côté, venant grossir l'avalanche humaine, sortent des immeubles les voisins, les amis, la maîtresse d'école, la mère du secrétaire du kolkhoze, des jeunes filles, des hommes et des femmes. Puis la mère Makarov vient se placer aux côtés d'Ivan Borissovitch, ses bras prêts à s'ouvrir pour accueillir le fils tant attendu. Autour d'elle, ses filles forment un demi-cercle par ordre de taille décroissante. Sergueï les scrute et s'arrête : Vassilissa n'est pas là.

« Elle t'attend là-haut, mon petit. Ta Vassilissa savait que tu rentrerais aujourd'hui ! » lui crie la mère Makarov de sa voix sonore.

Sergueï s'approche à pas lents. Il dévisage chacun des membres de cette grande famille retrouvée. Tous ont été marqués par ces années d'épreuves. Son père, surtout, s'est desséché comme un vieil arbre sans sève. Les filles ont mûri. Par-dessus son épaule, Tania sourit tendrement à Petia. Les autres le dévisagent, certaines avec effarement.

« Moi aussi j'ai changé », pense-t-il en prenant son père dans ses bras.

Le vieil homme murmure son nom et gémit doucement. Sergueï étreint Makarova qui ne peut elle non plus retenir ses larmes. Il embrasse une à une ses petites mères adoptives. Puis il sort de sa poche le paquet de « bons » qu'il remet solennellement à son père. Chacun veut tenir entre ses doigts ces petits bouts de papier aux couleurs ternes qui peuvent procurer tant de trésors inespérés. Tandis que les sœurs s'exclament, convertissant en richesses convoitées les coupons rectangulaires, la mère Makarov le pousse fermement vers la porte jaune et lui murmure :

« Troisième étage, appartement 9. Va ! »

Laissant derrière lui la rue en fête, Sergueï gravit quatre à quatre l'escalier de béton nu. Devant la porte 9, il s'immobilise, envahi par une émotion trop violente. Il voudrait calmer le tremblement de ses lèvres, apaiser les trépidations de son cœur. Ses mains cherchent fébrilement la bague au brillant. Il happe l'air sans réussir à reprendre souffle. Son corps est agité de frissons. Il entend des pas derrière la porte. Il balbutie : « Vassilissa ! » Les battants s'ouvrent. Elle est devant lui. Ses cheveux, longtemps nattés, sont défaits et couvrent ses épaules de vaguelettes dorées. La blouse blanche dégage son cou, épouse les formes pleines de ses seins. La jupe à fleurs ondule sur ses hanches. Elle est belle comme au jour des aveux. Son regard limpide est voilé par les cils mouillés de larmes qui roulent sur ses pommettes, s'accrochent au duvet blond couvrant l'ourlet de ses lèvres. Elle murmure des mots sans suite, recule dans la pièce baignée de soleil. Sergueï la suit, referme la porte. Sur sa paume tendue où perle une goutte de sang, tant il l'a serrée, la bague ancienne où scintille le diamant. Vassilissa s'approche, glisse la bague à son doigt et se penche. Posant ses lèvres sur la main ouverte de Sergueï, elle lèche doucement la meurtrissure. Cette caresse légère le fait défaillir. Tombant à genoux, il enlace Vassilissa et enfouit son visage dans les plis de sa jupe. Sous le tissu léger, il sent la rondeur du ventre ; ses mains serrent les hanches pleines dont il retrouve l'odeur de blé mûr. Elle tombe à son tour à genoux. Leurs lèvres enfin se joignent en un baiser profond et ils roulent à même le sol, entremêlant leurs souffles.

Par la fenêtre ouverte, les cris des enfants, les accents stridents d'une radio, le rire retrouvé d'Ivan Borissovitch ont couvert les plaintes du plaisir. Allongés côte à côte, Sergueï et Vassilissa renouent le fil interrompu de leur rêve :
« Nous aurons des enfants, nous construirons

une maison, nous cultiverons notre lopin de terre. Nous nous aimerons toujours ! »

Le long du ravin, le fouet à la main
Au-dessus de l'abîme, serrées sur mon sein
Je t'apporte les pommes venues du Paradis
A toi qui jamais n'as cessé de m'attendre.

REMERCIEMENTS

Je remercie tous ceux qui, avec courage, m'ont raconté « leur » guerre ; ceux qui m'ont confié des films, des bandes magnétiques, voire des journaux intimes.

Je remercie tout particulièrement Svetlana Alexievitch pour son livre de témoignage, *Les Cercueils de zinc*, édité par Christian Bourgois, dans lequel j'ai trouvé confirmation des récits que j'avais déjà recueillis.

Les strophes terminant chaque chapitre sont extraites de poèmes de Vladimir Vissotsky édités aux éditions Seghers dans une traduction de Jean-Jacques Marie.

M. V.

Composition réalisée par
C.M.L., Montrouge

Impression réalisée sur CAMERON par
BRODARD ET TAUPIN
La Flèche

*pour le compte des Éditions Fayard
en mars 1993*

Imprimé en France
Dépôt légal : mars 1993

35-33-9005-03-6
ISBN : 2-213-03056-1
N° d'édition : 3994 - N° d'impression : 1272H-5

35.9005.6